光文社文庫

文庫オリジナル

# 人生おろおろ

## 比呂美の万事OK

伊藤比呂美

KOBUNSHA



光 文 社

本書は、西日本新聞・東京新聞に連載中の『比呂美の万事ＯＫ』のうち、２０１２年９月～２０２１年３月掲載分から抜粋し、加筆・修正したものです。

目次



# 第1章　家族のこと

## 第2章 介護のこと



## 第3章 義理家族のこと

## 第4章 子どものこと

# 第5章 仕事と浮世のこと

# 第6章　生老病死のこと

第7章

# 夫婦のこと

# 第8章　恋愛のこと

テーマソング
# 万事OKぶし

不倫に　離婚に　セックスレスに
いじめ　しゅうとめ　借金苦
最後は　介護で　苦労のしどおし
人の悩みは　つきないけれど
それでも生きてる　ワタシです

さ、ずぼらとがさつとぐーたらで
わが道をいきましょう。

アホレ　ず　ず　ずぼららった
ずぼらば　ずいずいずい
ずいずい　ぐーたららった
ぐーたら　ずぼら
ずぼら　がさつで
ぐーたら らんらんらん
ずぼら　がさつで
ぐーたららった　ずーいずい

※『スーダラ節』のメロディに合わせて歌いましょう。

装丁・本文デザイン――bookwall
イラスト――――――やばい

# 第1章 家族のこと

# 旅行先で、母が妹の子どもにだけお土産を買いました

**先日、母と二人で旅行をしたとき、母が同居している妹の子どもにだけお土産を買いました。日頃、母が外出するときに送迎したり、毎年の旅行に連れて行ったり、私がこれだけ母をかわいがっているのに、気持ちが伝わっていなかったのかなぁ、といやな気持ちになりました。正直に伝えてもいいのでしょうか。**（50代／女性）

きょうだい間の嫉妬心というのは、いつまでもあるものなんですね。あたしは一人っ子なので、その経験がまるでないんです。

そういえば次女を産んだとき、手伝いに来てくれた母に、母は四人姉妹の次女として育ったんですけど、「けっして姉妹を比較しちゃいけないよ、子どもは一

人一人違うものだし、嫉妬させちゃかわいそうだから」と言われまして。へーそういうものなのかと感心した覚えがあります。

**一人っ子から見ると、**うらやましい。性格の違う妹さんがいるってこと。姉妹が近所に住んで、協力しながら、母の老いを見守ってあげることができてるってこと。70代の母に50代の娘が、「気持ちを正直に伝える」のなんのと、親子関係のごちゃごちゃをまだやっていられるってこと。

双方、若いってことですよ。思い出してください。親子関係なんて、若いときにはいつもごちゃごちゃでした。子どもは親にいつもむかついていて、それが成長する、おとなになるってことでした。

あなたとお母さんはよく似ているようですね。行動的で、あんまり細かいことを考えない、**「真っ向からたけ割り」**の性格です。

言いたいことはその場で言っちゃった方がいいです。根に持つタイプじゃないし、そもそも娘が（嫉妬で）言ってることを本気で怒る親はいません。

そのときは「もう旅行に行かない」とすねるんじゃなくて、母がお土産を買おうとしたら、「うちの子たちにも買ってやって」と甘えたらいいんです。

相手は年寄りです。視界が狭くなってます。だからついふだんそばにいる孫のことしか思い出せなくて、その子たちにだけお土産を買っちゃったんだと思うんです。ですからまた同じことをするかもしれませんが、そしたらまた「買って？」と同じように甘えればいいのです。

年取った親には、こっちが保護しなくちゃという気持ちが先立って、なかなか甘えることがなくなってますから、**親の方も、甘えられたらうれしいはず**。

親に上手に甘えるためにも「母をかわいがる」という言い方はやめましょう。「かわいがる」のは目上から目下のものに対してです。ここは「大切にする」などと言い換えた方が日本語的にも正しいし、甘えやすくもなりますよ。

# もうすぐ孫が生まれますが、元夫に連絡すべきでしょうか

夫の女性関係が原因で離婚しました。自分の人生や子どもたちの精神的ダメージを考え、身を切る思いで縁を切りましたが、元夫からは慰謝料も謝罪の言葉もありませんでした。その後、働いて子どもを育て、やっと社会人として独り立ちしました。もうすぐ孫が生まれます。別れても、子どもにとっては血を分けた父親。連絡すべきかで悩んでいます。（50代／女性）

あなたは離婚して、苦労して、でも今は幸せで穏やかです。

これまでの苦労はたいへんだったでしょうけど、人生というものを考えてみたら、これは、やってよかったと思える苦労ですよ。ほんとに、よくがんばってこ

られましたね。

で、元夫ですが。

話を聞けば、**最低の夫じゃないですか**。金も出さなきゃ手も貸さない。子どもらも別に会いたがっていない父親。こんなものにわざわざ、こっちから、気まずい思いしてまで教えてやることはありません。

あたしはよく、離婚した母親たちに、子どもと父親とのつながりを断ち切らないでと言ってますよ。言ってますけどね。それは、子どもにとって必要な場合なんです。

思春期のときっていうのは、子どもは親の事情も知らずに（ため息……）父親と自分との関係にこだわることがある。

それはもうしょうがないので、そういうときは、父親に、そばにいなくたって、**背後霊**みたいに、子どもに関わってもらう。その成長を支えてもらう。

離婚直前の家庭ではあんなに役立たずで、いなけりゃいいと思った夫が、母親とはまた別の役柄で、ふっと子どもの役に立つことがあるんです。

離婚夫婦のいっときの憎しみで、家族の機能、父親とのつながりという、**子ど**

**もが持ってて当然な可能性**まで断ち切っちゃったらいけないということです。まあ相手への憎しみが強すぎて会わせたくないというのもわかるんですが、そこをなんとか……。

しかしこの場合、子どもはもうとっくに成長しちゃっている。母親という役目も、もう終えちゃっているのかもしれない。

それならあなたはただ傍観して、子どもが「おとうさんに孫を見せたい」と言うのなら、こだわりなく賛成し、「連絡しにくいんだけど」と言ってきたら手を貸してやり、「別に会わせなくてもいいよね」と言うのなら、そのままほっとく。それでいいんじゃないでしょうか。

しかし、こんなに苦労したのに、元夫に孫のことを知らせようかと考えている、あなたの大らかな心、いいですねえ。これこそ**ほんとの漢**（おんな、と読んで）です。

# 離婚した息子に子どもたちと過ごす時間を持ってほしい

**息子が離婚し、子どもたちとの生活を始めました。しかし仕事が忙しく、度々、私たち夫婦が子どもを預かっています。孫たちの今後が心配です。私たち夫婦は少しでも子どもと一緒にいられるような職場に替わってほしい。私たち夫婦は「孫たちに責任は持てない」と言っているのですが……。**（60代／女性）

息子さんは夫と先妻の子ですよね。子育ては姑に任せて、あまり関わってこなかった義理の関係……というのが、ココに来てあなたの悩みを重たくしているみたいです。

今日は、あたしは、**きれいごとを言いますよ**。しかしこのきれいごとが、この状態ではいちばん現実味があるような気がしてなりません。

あなたはこれまでがんばって生きてきました。夫とはいろいろあって、定年まで働いてヤレヤレと思って、今は夫は病気がちで役に立たないけど、後はゆっくり気楽に暮らしたいと思っている……。しかしね、60代の女がゆっくりしちゃったら**老いるだけ**ですよ。孫たちはあなたを老いさせないための天の配剤。

孫たちは小学校高学年、お父さんは気にしてはいても、かなりほったらかしてしまっている。下の子がうそをつくとかお金を使うとか問題が出てきてるようですけど、あたしには、子どもが一人、悲鳴をあげているようにしか見えません。

「寂しい」「かわいがって」「だっこして」と。

おばあちゃんとして、この二人の孫を思いっきりかわいがってやってください。**責任なんか持たなくていい**。かわいがってやればいい。「かわいがる」の本質は

「信頼する」と「共感する」。

悪いところが目についたら叱ってやるのも祖母の愛、悪くはない。しかしそのとき、責任持って叱ろうとすると、こっちの理想や価値観を押しつけちゃいますからね。子どもの目線に下がって、真っ正面からかれらを見て、共感してやることです。子どもの考えや感じていることを共感していれば、きっとその子のいい

点も見えてくる。それを見つけ出して信頼してやる。

信頼する、共感する、かわいがる、ぜんぶ合わせると、「甘やかす」にすごく近い。それでOKなんです。何かあったときに**「うちの子にかぎって」**と髪振り乱してかばってやりたい。ぼくたちあたしたちには味方がいる、そういう気持ちを子どもらに持たせてやりたい。

さて、母親はどこに？　前週もそうでしたけど、なんで離婚すると、別居する方の親と子どもの関係が切れちゃうんですか。子どものことを考えれば、そんなのぜったいおかしいでしょう。義理の息子に過度な思い入れがないのが幸い、子どもたちが定期的に母親に会えるように、母親の助力を得られるように、おばあちゃんが一肌脱いでやるのはどうですか。

# 孫が発達障害と診断されました

**孫が発達障害の診断を受けました。母親である娘は、最初は叱るばかりでしたが、今はほめたり言い聞かせたり、試行錯誤しています。もうすぐ小学生になる孫にどう接すればいいか、娘をどうフォローすればいいか。**

**（60代／女性）**

孫を思いっきりかわいがってやることです。溺愛《できあい》することです。「あなたはあなたよ」とこの子を認め、この子を支え、いつもこの子の味方になり、この子を信じ、ガンバッテなどと空虚なことばは使わずにこの子を励まし、この子の苦手なところだけ気にするんじゃなく、得意なところ良いところを見つけ、小まめにほめ、何かできたら一緒に喜び、あなたが目をつぶるそのときまで行く末を心配し、**死んだら背後霊になって**、この子を見守ってやる。

あなたは祖母であって、心理のプロじゃないんだから、それしかできないんですが、**それのできる人が他にどこに**いるでしょう。身近な人に愛された、受け入れられたという思いが、その子の一生を確かなものにして、危機のときには救ってくれます。

もうちゃんと相談窓口には行ってらっしゃるから、今から必要なのは、本人の特性を正しく知り、それに合わせた工夫をしていくこと。それには発達障害の専門家の力を借りて、療育とかSST（ソーシャル・スキル・トレーニング、つまり社会で生きていくための能力を養うトレーニング）とかをじっくりしていくことだと思います。

それについては療育センターや各小学校に問い合わせてみてください。あるいは大学付属の臨床センターなどにも、発達相談やサマーキャンプなどいろんなプログラムがあるはずです。親子ともに好きになれる先生を見つけて（これ、すごく大事）日々スキルをみがいていくといいですね。

父親や祖父のことがお手紙にありませんが、この子にどう関わっていますか？

あたしは彼らにも、母親や祖母と同じように、**この子を理解してもらいたい。**

ただ叱り、矯正するばかりの旧態依然のしつけはせずに、家族全体でこの子を認めてあげて、療育やSSTに向かい合ってもらいたいと思います。

お母さん（あなたの娘さん）は今、**疲れ果てている**と思います。発達障害はお母さんのせいじゃない。でも実際にたいへんな思いをするのはお母さんです。しかも生まれつきの脳の傾向だから一生続きます。さっき言ったような、その生き方を認めてあげる、ほめてあげるというのを、まったくそのまま、娘さんにもしてあげてください。

娘をかわいがり、孫をかわいがる。それができれば、母として祖母としてこの世に生きてる任務はまっとうされるような気がするんですよ。

# 夫を亡くした姉が友人に高額な物を買わされています

**姉は夫を亡くし、一人暮らしです。寂しさを紛らわせるためか、昼間から酒を飲んだりし、友人だけが生きがいなのはわかりますが、高額な物を買わされても喜んでいます。利用されても「友達だ、いい人だ」と言うばかり。どう言えば目を覚ますでしょうか。（50代／女性）**

お姉さんのことがすごく心配なんだろうな、子どもの頃は仲の良い姉妹だったんだろうなというのが、お手紙から伝わってきます。

しかしもうお互い50代になって、生き方も生活もずいぶん違ってきてしまった。あたしは、あなたが心配するようなお姉さんの生き方、ふるまいは、しかたないと思うんです。

お姉さんは夫を亡くしてまだ日が浅い。心の傷は目には見えないだけで、見えていれば、**血まみれの傷だらけ**。その心の傷が癒えるのには、時間がかかります。あたしはよく、離婚は4年で癒えると言ってます。まあ、自分の経験からです。あたしは、離婚してから4年もかかって、やっと「ああ生き延びたんだなあ」と感じて、雨があがって空が晴れていくような気分を味わったわけ。

離婚ってのは、相手を力いっぱい否定したあげくの別れです。それですらそうなんだから、病気で、無理矢理に連れて行かれてしまった別れは、もっとお姉さんの心を傷つけてるんじゃないですかね。

あなたも看破《かんぱ》してるように、「**寂しい**」というその一言に尽きるでしょう。この寂しい時期を友達が紛らわせてくれるのなら、それでいいじゃないでしょうか。

こういう状態の人に諫言《かんげん》するのは意味ないと思ってます。「太ったからやせた方がいいよ」などと言って、言われた人が、ああよく言ってくれたと感謝するかというと、それはない。むかつかれ、へたすると心を閉ざされる。

だったら、心の中では納得できなくても、表向きだけでも「万事ＯＫよ」という姿勢を見せてあげると、お姉さんは安心するでしょう。

これでいいのかといちばん不安に思っているのは本人です。安心がつもりつもって本人を安定させて、元に戻してくれると思います。

あなたにできることは、そしてあなたにしかできないことは、あたしら仲の良い姉妹なんだという自信と、姉に対する信頼を持って、お姉さんとつきあっていくこと。そのうちに心の傷が癒えて、きっとお姉さんは元に戻る。

人生の中で、人との関係はいつも一定ではないのです。**寄せたり引いたり。**呼吸するみたいにね。姉といえども、そうであるはず。

その中で、われわれは姉妹だ、大切な姉だという一点だけ疑わずに相手を信頼していれば、次に寄せてくる波を待つこともできるでしょう。

## 仲の悪かった妹たちとのつきあい方がわかりません

三姉妹の長女です。妹二人と仲が良くありません。私が親に反抗的だったことや、再婚したことなども影響しているかもしれません。父は亡くなり、母は下の妹と暮らしていて、認知症の症状もあります。これからの妹たちとのつきあい方がわかりません。（50代／女性）

何度も言いますが、あたしは一人っ子で、兄弟姉妹の機微がわからないんですよ。姉妹って、ふだんは他人みたいに暮らしていても、何かあったら助け合うというイメージ持ってましたが、現実の姉妹兄弟を見ていると、そうでもない。ケンカしてそれっきり、遠くに住んだら**それっきり**という姉妹や兄弟がまわりにいっぱいいます。

一人っ子としては、もったいないと思いつつ、そもそも姉妹だから仲良くしなくちゃいけないというのが非現実で無理のある考えなのかも。

あなたの場合、仲の良くない原因は、どうもかなり昔にさかのぼれます。さかのぼって自分で反省するのはOKです。でも、さかのぼってほじくり返し、妹さんたちに説明したりあやまったりして相手の気持ちを変えようとするのは無理です。

**人の気持ちは、その人が変えるまで変わりません**。外から変えようとしても変わらないんです。つまり、このまま放っておくしかない。

再婚が引き金になっているかもと悩んでますが、それは思い過ごし。あなたと夫は再婚して仲良く暮らしている。それを現実としてちゃんと受け入れないといけません。

親孝行って何ですかねー。

お母さんは認知症です。今どんなに孝行したって、お母さん本人には伝わらないかもしれない。つまりこれは「お母さんを捨てなかった」と**自分を納得させるための親孝行**なんじゃないか。

そういう納得をすること自体はとっても必要なことです。でもそれなら、違う方法でも納得できます。たとえばあなたもまた高齢者に関わる仕事をしています。親孝行がままならないなら、よその高齢者に親身に関われば、それがめぐりめぐって親に届くと考えたい。

師の恩なんてのもそんなものです。「受けた恩は返せないけど、こんどは自分が若い人たちの世話をすることで、恩返しになるんだよ」と、昔、お世話になった先生に言われて納得しました。

よく「回向《えこう》する」といいますね。あれは、自分のやった善行を自分の成仏《じょうぶつ》のために使うんじゃなく、人が成仏するために向けてあげるということなんですよ。ちょっとズレるかもしれないけどこう考えたら……。自分の親にしたい孝行をよそのお年寄りに向けてあげる。よそのお年寄りに向けた優しさが、**いつか自分の親に返っていく**、と。優しい考え方じゃありませんか。

# すぐに怒鳴り散らす横暴な兄、もう顔も見たくありません

**兄は自分の思い通りにならないと、すぐに怒鳴り散らして威圧します。相続も一方的に決め、私は遺留分しか受け取れていません。こんな兄とはもう一切つきあいたくありませんが、人道に反しますか？（50代／女性）**

兄とか妹とかって**そんなにつきあわなくちゃいけないものですかね。**

あたしゃ一人っ子なので、きょうだいっていいものなんだろうなとずっと思ってきました。ところがおとなになってみると、どうもそうでもないらしい。もちろん仲の良い、助け合うきょうだいもいますけど、ケンカしてそれっきりとか何年も音信不通とか、そういう人たちもいっぱいいます。つまりきょうだいとは、そういうものなんではないか。それでいいんではないか。

妻と夫という関係があります。他人同士なのにずっと一緒に生きようと決意して結婚し、セックスや家族やお金を共有して家庭を作る。ある意味きょうだいよりずっと強くて濃いきずなで結ばれている。でもおうおうにして、夫婦は離婚して他人に戻り、**二度と会いません**。

親子だってほんとは他人。そう言い切れないから苦しいんですけど。でも少なくとも、子どもが赤ん坊のときから、他人と思って子育てしないと、子どものためにも自分のためにもならないんです。

きょうだいだって他人です。同じ親から生まれ、一緒に育った記憶があっても、おとなになって自分の道を進み、それぞれの配偶者を得てそれぞれの家庭を作った時点で、**もはや他人です**。

兄を失ったと思えば悲しいけど、一人の他人とつきあわなくなっただけと思えば悲しくも惜しくもない。どうせなら兄に、妹を失ったのだという事実を思いっきり思い知らせてやるために、裁判に持ちこんでおおっぴらに兄妹ゲンカを、と言おうとして、ちょっと待った。知り合いの弁護士に聞いてみたら、そう簡単ではないそうです。

兄がどんなにあこぎでも、あなたが書類にハンコを押してしまったのなら、よほどのことがないかぎり、くつがえすのはむずかしいそうです。そしてあなたはハンコを押してしまった。

でもね、かえってサッパリしませんか。すべて終わった。コトは済んだ。兄の顔を見たくない、これからあるであろう法事に行きたくないというのが、あなたの今の気持ちです。

「人道に反しますか？」と相談文は締めくくられてあります。「反しませんとも」とあたしは答えます。

行かないからって親が悲しむわけでもなし、草葉の陰でおっかさんはきっとわかってくれるはず。兄のことはきれいさっぱり忘れて、あなたはあなたで、あなたのつくった家族と生きていくんです。

# 第2章　介護のこと

# 嫌いな母が認知症に。いよいよ介護かと思うと落ち込みます

子どもの頃からいろいろあり、私は母が嫌いです。その母が認知症の薬を飲んでいることがわかりました。いよいよ介護問題がやってきたのかと落ち込みます。一緒に暮らすなど私の気が変になりそうです。どうやり過ごしていけばいいのでしょうか。（50代／女性）

嫌いじゃなかった母親の介護だって、認知症となるとまた格別につらいものです。嫌いだった母親なんですから、なおさらです。つらい、いやだと感じるのはあたりまえ。あたしが経験から学んだコツを伝授します。

まず、**同居を考えないこと**。親たちは自宅や施設でヘルパーさんや介護士さんたちに助けられながら暮らし、あなたはそこに通う形で、最後までちょっと離れ

た介護を続けるべきだと思います。

介護に疲れ果てると自分がもみくちゃになって余裕がなくなる。そんな状態にならずにいるには、ちょっと離れて、自分自身の場を大切に守ることなんです。するとそこに、「まだできる」という余裕と「もっとできるのに（してない）」という後ろめたさが生まれる。これがイイの。余裕と後ろめたさ、この二つを持っていれば、親に対していい距離を保てるし、自分ってものを失わずにすみます。

次に、**助けてくれる人や社会を頼ること。**あたしはヘルパーさんたちにほんとに助けられました。生まれて初めて人からこんなに助けられたと思いましたが、考えてみれば子どもが小さかったとき、保育園の先生たちにもさんざん助けられましたから、人生には、ときどき、一人でがんばらず、人に助けられて生き抜く時期があるんでしょう。

がんばって歯を食いしばって生きていかなくてもいい。さしのべる手があるから、あなたはそれを握って、自分を助けてくれる人たちを受け入れて、感謝して前に進む。それでいいと思うんです。

それから、**親戚の目を気にしないこと。**あなたには、あなたが守らなくちゃいかない家族がある、自分がある。あたしは両親の介護が始まったとき、叔母が温かい口調で「できるだけのことをするんだよ、できるだけでいいんだから」と言ってくれたので、ずいぶん楽になりました。

できるだけのことはする。できないことはしない。これが、介護にかぎらず、なんでも自分らしくやり遂げるためのコツですよ。

あたしたちはみんな、母親という大きな存在にあらがって生きてきた。母親の存在そのものが、女の子にかけられた**魔女ののろい**みたいなもの。今から数年間、つらい時期ではありますが、この時期の苦労は、あなたにとって成長、前進、そういう糧《かて》になる。親を介護する、そして送るというのは、まさに親ののろいを解くことなんですよ。

# 父が車の免許を返納してくれなくて困っています

**80代の父が車の免許を返納してくれなくて困っています。車がないと生活が不便なのはわかりますが、母が運転できるので何とかなると思います。高齢者の事故が多発しているので心配です。本人のプライドを傷つけずに、どう説得すればいいでしょうか？**（50代／女性）

お父さんが80代ということはお母さんはおいくつでしょう。と考えたところでお手紙をくわしく読み返すと、お父さんは80代後半、お母さんもやや若いながら80代、でもまだしっかりしていらっしゃる。だから当面運転は任せられる。

この場合お母さんにお父さんよりガンコになっていただいて「**絶対私が運転す**

る」と言い張ってもらったらどうでしょう。

高齢者本人は、認知症を持っていないかぎり、自分が高齢であって認知力が衰えていること、夜は目が見えにくいし、何かあったときにとっさの判断がしにくくなっているということも自分でわかっています。

娘がああだこうだ言いますと、父親のプライドや尊厳がでんと立ちはだかってびくとも動きませんが、妻が（こちらも年取ってガンコになっているはずですから）「あたしが運転する。何がなんでもあたしが運転する。お父さんには絶対させない」という覚悟でハンドルを死守すれば「**しかたないな**」とお父さんもあきらめるはず。

実はコレ、わたしの経験です。そうやって夫（当時80代）からハンドルを奪い取りました（わたしはうんと若い妻でした）。

お母さんにその役目を担ってもらうためにも、あなたはお母さんと団結し、ふだんからよく話し、お母さんの体調もしっかり把握しつつ、お父さん包囲網を作っておくこと。

大切なのは、お母さんもそんなに長く運転できるわけじゃないってこと。むしろお母さんもなるべく早い返納が必要なこと。

つまりお母さんのハンドル主導権の奪取は、たんにお父さんに「助手席に座る」ことに慣れさせるための移行期間なんですね。

お母さんとはそのこともきちんと話し合い、納得してもらい、やがて二人とも運転をやめ、タクシーなどを駆使し、また各種の配達サービスを利用し、あるいは娘たちの手も借りて生きていく生活に移行していくわけです。

父のプライド、父親としての**尊厳**を傷つけないためには、何か決めるときに、最終的に必ずお父さんに決めてもらってから始めるといいんですよ。

コレがいいなと（あなたが）思ってあの手この手で説得していって、やっとその気になったとしても、あたかもお父さんが自分で考えついて決断したかのように仕向け、それを子どもとして受け入れるというかたちを作ると（めんどくさいけど）わりとすんなり受け入れてもらえます。コレもまた、父にも夫にも使ったあたしの経験です。

# 80代の母が家に多額の現金を置いています

80代で一人暮らしの母が、「死んだら引き出せなくなる」と言って、急に数百万円を自宅で保管するようになりました。家に多額の現金を置いておくのは危ないので、心配です。（50代／女性）

お母さんの心配、よくわかります。あたしの母が死んだとき少額ながら定期預金があり、銀行に母の死を伝えて手続きしました。

八十数年間生きた人の存在を証明するためにいろんな証明書をそろえたんですが、母が若い頃住んでいた東京某区の記録は空襲で焼けちゃったそうで、そしたら銀行の人に「某区の区役所で証明書がなくなったことを証明する証明書を取ってきてください」と言われてうんざり……。

あの面倒臭いのを経験していながら、あたしは、今死んだらきっと娘たちが苦労するんだろうなと思いながら何もかもぐちゃぐちゃに放ったらかしてある。たいていの人はあたしと同じ、あなたのお母さんのようにはきっちり潔く用意ができないですよ。

それで、後に残った家族が苦労する。

この頃は「**あー大変だった**」という思いをするのも親を送ることの一部なんじゃないか、一度はやるべきやりがいのあることじゃないかと思ってます。経験したから言えるんですが。

あなたのお母さんは心配性で、だから、自分の死んだ後が心配で現金を手元に置きたい。そしてお母さんの娘（つまりあなた）もまた心配性で、生きてる母が心配だ。つまり「**この親にしてこの子あり**」なんではないか。

気楽に考えられるようになれば解決するんですが、それは自分の性格に反しているから、なかなかできない。でもどちらかというと若いあなたの方が「気楽に」という難題に挑戦しやすいと思うんですよ。

なによりおすすめしたいのは「遺言書」。

きょうだいがいる場合、相続は少々複雑です。あなたのところは仲の良いきょうだいで、母のお金なんだから母が自分で使っちゃえばいいのになどと親孝行なことを話し合っているそうですが、それでも。あるいはそれだからこそ。

今年（2020年）7月から遺言書が作りやすくなるそうです。

くわしくは司法書士、行政書士、弁護士、税理士など遺言書の専門家に聞いてみてください。

遺言書を作る過程で、安全なお金の管理のしかたについて母も専門家と一緒に考えるうちに、母の考えも変化していくかも。

数年前、父が死に、あたしは銀行も年金も遺品の整理も家の始末も済ませて、**「あー大変だった」**と言いながら、父の残したお金なんて微々たるものだったけど、そのわずかな残りを、お父さんからもらう最後のお小遣いみたいだなと思いながら受け取りました。うれし悲しかったです。

# 二人暮らしの老母と兄の仲が険悪です

**二人暮らしをしている母（90代）と兄の仲が険悪です。兄は母の面倒を良く見てくれているのですが、母は「もう一緒に住みたくない」などと言います。なるようにしかならないのでしょうか？**（60代／女性）

まったくおっしゃるとおりです。「なるようになる」、これしかありません。老人のガンコとひきこもりにはあたしもさんざん……、うちの父がまさにそんな感じで、ヘルパーさんには手伝ってもらいましたが、デイケアには絶対に行かず、家でひきこもってテレビ見てるだけで、退屈だ退屈だとあたしにこぼしまくって生きてました。こぼされる方のつらさったら……。その辺は『父の生きる』に書いてありますのでよろしかったら。

今となっては、父にはそれ以外できなかったわけで、父は父で**一生懸命**生きていたんだなということがわかります。実はその当時も心の奥底ではそれがわかっていたんですが、自分の生活もいっぱいいっぱい、何より老いて独居して寂しさに呑まれながらいつか来る死を待ってるだけの父にひきずりこまれそうになるので、それを必死でくいとめるために、あたしは父に（心の中じゃ同情も共感もしてるのに）むかつきながら、無視しながら生きていかなきゃならなかったんだろうなと思います。

お兄さんの感じている「母があまりにもわがままとすぎて正直口もききたくないこともある」（お手紙から。相談文には割愛）という気持ち、あたしは100パーセントわかります。そういうときは**口きかないでいいんですよ**と言ってあげたいです。

お兄さんはプラス思考で友人も多い方のようです。そして妹のあなたはお兄さんに共感し、グチをきいてあげる余裕と思いやりを持っています。きょうだいそれぞれができるだけのことをやっているわけです。できることをする、できないことはしないというのが介護のコツですから、これでいいんですよ。

お母さんはすでに90代。これからの数年を、いやだないやだなと思いながらなんとか見送る。そうしたらこのいやだないやだなの気持ちは不思議と消えてなくなって、懐かしいお母さんだけが残ります。**昇華したみたいに。**

どんなに明るい人でも疲れることがあります。お兄さんとお母さんをよく見守っていって、兄に余裕がなくなってきた、疲れてるなと思うときがきたら、ヘルパーさんを雇うことも考えてみるといいかと思います。介護における他人の力はすごい威力です。この手の老人はなかなか他人を家に入れたがらないのですが、お客様をお迎えするつもりで少しずつ入ってもらうことができるといいですね。

# 比呂美さんは、亡親の残した物をどうやって片付けましたか？

**比呂美さんは、亡くなった親の使っていた物、大事な物を、どうやって片付けましたか。私はそれらを捨てるのがとてもつらいので。（50代／女性）**

ほんとに心が残りますよね。何もかもなつかしいのですが、ぜんぶ取っておくとすごい量の物と暮らすことになります。広い家ならいつまでも取っておける、取っておけばいいと思うんですが、うちは狭くて物にあふれてうんざりしているので、それは困る。

それで親の死後に残したのはこんな物です。

父の趣味は油絵で、あたしは絵を描く父が好きでした。それで父の絵を数枚と絵の具を入れていた絵の具だらけの小テーブル。でも実は絵はずいぶん昔にやめてしまい、死ぬ前の10年間くらい父はなんにも描いてなかったんですが。

母は着物をタンスごと。それから毎日すわっていた古びた鏡台。でも実は母は着物なんてもう何十年も着てなかったし、年取ってからは正座もできなくなって、洗面所で椅子にすわって化粧していたんです。あたしが子どもだった頃に、着物を着て鏡台の前にすわっていた頃の母のイメージがやたらと生々しく、その母があたしにとっていちばん**母らしい母**だったんだと思います。

このあたりで気がついた。捨てられない物は、自分の人生を最後まで生き抜いた時点の父や母の物ではなく、父や母が実際に大切にしていた物でもなく、あたしが父や母を考えるときになつかしく思い出す物。父や母にとってというより、あたしにとって大切な物だった。

そう思ったら、あれもこれも残したいという気持ちが少しふっ切れました。

あたしが死んだら（ほんの数十年後です）あたしの子どもたちがこれを片付けることになるわけです。実の娘のあたしほど、祖父母の物に思い入れがあるわけじゃない。それなら、それを捨てるときに感じる後ろめたさを少しでも軽減してあげたい。

つまり自分のためじゃなく、子どもたちのために、今、あたしが「捨てる」という作業をしておかなくちゃと思いました。

それでほんの少しの物だけ残したら、後は、片付けの業者に頼みました。今はちゃんとそういう商売がある。**プロに頼むのがいちばんですよ。**

実は残したものはまだあります。父が死ぬまで一緒に暮らした犬。カリフォルニアに連れて帰りました。母の丹精していた庭木。植木屋さんに頼んで自分の家に移植しました。

犬はカリフォルニアで2年間のんびり老後を暮らして死にました。植木の中でもいちばん大きかったユスラウメは、移植後枯れてしまいましたが、ひこばえが生え出してきて、今はもうさかんに繁っています。

# 第3章　義理家族のこと

# 悪口を言い回った姑の世話をする自分がみじめです

同居している夫の両親は、若い頃から、あること、ないこと私の悪口を近所に言い回っていました。今、姑は介護が必要な体になり、世話をしています。でも心の中では、悪口を言った親を介護する自分がみじめで仕方ありません。（50代／主婦）

いえ全然。あたりまえの感情です。夫の親だから、悪口を言われても我慢しなくちゃとも思うし、我慢しようとも思うんでしょうが、これが他人なら、金輪際《こんりんざい》つきあいたくないですよ。夫の親というだけで、ほんとは他人ですからね。また、夫の親にしたって、人の悪口は言っちゃいけないっていう良識は持ってるはずなのに、息子の妻ってだけで言いたくなっちゃうし、実際に言っちゃったりもするんですね。

ほんとは他人なんだから言わなきゃいいのに、まったくムカシの人は軽率ですよ。あなたはそういうことは絶対しないように。

どうして、たまたま縁ができた人にこんなに不満を持つのか、ということを考えてみましょう。

**テリトリー意識だとあたしは考えています**。それは生き物としての根本的な欲求です。犬が、自分のテリトリーによその犬が入ってきたら、がるるると怒る。あれと同じ。親は、自分のテリトリーに入ってきたあなたが、自分の力をおびやかしているように感じた。あなたは強い、自分は弱いと感じた。それで自分を守ろうとした。悪口というかたちで攻撃してきた（**がるるる**）。ところが人間も動物も、攻撃されたら、反射的に自分の身を守ろうとしますよね。それが嫌悪感（**いやだ。きらい。むかつく**）、今あなたが感じている感情です。

どちらも、人間の、といいますか、動物としての自然な心理、かなしいことでございます。

夫は何をしていますか？　もしかしてあなたに介護を丸投げしてる？　もしそ

うなら、それはいけない。親のケアもあなたのケアも、夫こそがカナメであります。

でも**夫もまた人間**で、頭ごなしに「あんた何やってんの、あんたがやらないとだめじゃないの」などと言うと、それもまた攻撃なんで、夫は反射的に身を守ろうとして固くなり、妻の意見なんか聞こえなくなる。だから夫に対しても、批判というより、相手の立場を共感し、ともに考え解決するというアプローチを取るようにね。

介護保険などで他人の手を借りることができるのなら、また施設に入れるということが可能であるなら、なるたけそういう手段を使うべきです。自分のテリトリーを守って自分らしく暮らすためには、当然なことなんです。後ろめたさを感じることはないんですよ。

# 20年以上、まるで〝三角関係〟のような姑に悩んでいます

20年近く同居していた姑との関係に、いまだに悩んでいます。姑は、まるで私たち夫婦の仲が悪くなればいいと思っているような言動をします。今でも、夫と出かけると用もないのに電話してきたり、まるで三角関係です。普通に会話ができる関係になりたいのに……。夫は優しくて尊敬できる人です。（50代／女性）

基本から解き明かせば、愛とは「力の確認」です。自分が強いかどうかの確認です。

自分の**ナワバリ**に他の犬が入ってくれば、犬は本能的にうなったり吠えたりしますよね。それが嫉妬。「自分の方が強いんだから出て行け」ないしは「自分の

方が弱いけど、ううん、負けたくない」という意味ですね。

嫉妬を感じたとき、犬や猫なら正直にうなったり吠えたりするんですが、人間はどうも正直になれない。カッコ悪いし、息子が結婚した時点で自分のナワバリじゃなくなっているというのもちょっと考えればわかるはずだし。それで、嫉妬心を押し隠して、気にしてないフリをするものなんですが、おたくのお姑さんはそんなフリができないわけ。ある意味、不器用で正直で、でも面倒臭い姑だ。

たいていの健康な男は、**内心では**母親より妻の方を大切に思ってます。ただ、母とは長いつきあいで、母と息子という関係は変えられないし、母相手にごたごたするととても厄介というのが長年の経験からわかっているので、妻と母親のいざこざにはなるべく口出ししたくない。母の不満に立ち向かうよりは、妻の不満を無視したり言い負かしたりする方が楽ですから、見て見ぬふりをしたり「おふくろを悪く言うな」と逆ギレしたりして、**妻を泣かす**。

その点、あなたの夫はリッパです。あなたの立場を思いやれるし、状況を見て同居から別居へ決断するだけの行動力を持ってるし。すばらしい夫なんで、まず夫との愛を再々確認しあうように。

さて、姑対策には「完璧なヨメはめざさない」が不可欠です、義理も欠けば、礼儀も知らないヨメでいいんですからと若い人には言うところですが、実は、あなたがたは、今から結婚生活の第2ラウンドに入ろうとしています。第1ラウンドは夫婦でよくがんばったから、ヨメの圧倒的勝ちです（姑は気がついてない）。第2ラウンド、これから姑は、年取って力が弱まってくる。こちらも年取って力がついて余裕が出てくる。二人の力関係も、少しずつ変わっていくでしょう。老いない、死なない姑はありません。姑もつきつめれば夫の母親、息子としての夫の危機には、あなたが一肌脱いであげることも必要になるかも。漢《おんな》としての生きざまの見せどころです。

# 10年以上、義父母、義妹とも不仲で会っていません

10年以上、義父母、義妹とも不仲で会っていません。電話で声を聞くだけで動悸がして胃がきりきり痛みました。夫は板挟みです。義母が入院して長くないようです。お葬式に行かなくてはなりませんが、義妹と会うのが苦痛です。（50代／女性）

お葬式になぜ出るか。理由は二つですよね。

一つは自分のため。自分と死者との関係で、自分にとってのその人が、先に逝ったことをちゃんと納得して、送り出すため。悲しい、名残惜しい、という気持ちに決着をつけるためです。

もう一つは、遺族のため。親しい生者が悲しむ気持ちに寄り添うため。

この場合、**生者とは夫です**。夫が母を悼む気持ちを（まだ亡くなってないんですけど）受け止めて、伴侶として、家族として、共感し、慰めて、共有するため。夫とあなたとの関係がどんなものかわからないので、ハッキリお答えできないんですけど、やはりここは、自分のことはよくわかっているはずのあなたが、来し方をしみじみと考えながら、じっくりと決断すべきところなんじゃないかと思います。

考えるポイントは、夫の気持ち。夫と親との関係はどんなふうだったか。夫と妻（あなた）との関係はどんなふうか。板挟みと書いてあるくらいですから、きっと夫は苦しんでいるんでしょう。その苦悩に、あなたはどう対処してきましたか？　あるいはきませんでしたか？　このあたりを鑑みながら、行くか行かないかの解決法を考える。

……ここでヒケツを。**人を嫌う感情って、たいてい自分の内側**から出てきているものです。いやだな、苦手だなという気持ちが、気の持ち方一つでけろりとなくなって、楽になることはよくあること。義妹だって人間です。あなたに感情があるように義妹にもある。感じ悪く見えるけど、実は理由があって、そう考えて、こう振る舞うのだ、**しょうがないのだ**と考えてみたらどうでしょう？

そう考えることが、人間関係でよく言われる「自分を変える」ということ。少しでも、「人は人だ」と考えて、義妹の態度を共感することができれば、あなたの心もぐっと変わります。

でもね、こうも思います。親族がいろんな事情で不仲になって絶交するということは、**よくある**ことです。

広い世間の他人の中で、血がつながったり一緒に育ったりもして、助け合った方が効果的なのに、ちょっとの差が気に入らず、ケンカしていがみ合って絶交して離れ離れになる。悲しいことですが、**よくある。**ここはまあそういうものだとあんまり気にしないで生きていくという方法もあります。

# 義母が私の財布からお金を盗ろうとしていました

同居中の義母が、私の財布からお金を盗ろうとしていたのが夫に見つかり、家庭の中がぎくしゃくしています。問いただすと謝るどころか開き直る始末。義姉に相談すると「母は昔苦労したから何も言えない……」と私が悪者に。こんな気持ちで老後の世話なんてできません。（50代／女性）

まず何より、心労おつかれさまです……。盗みという特殊事情はあるにしても、とても普遍的な問題ですよね。

義母はもともとお金に執着のある人だったようです。そしてどうも、年とともにその傾向が強まってきた。

**年を取るとはそういうこと。** もともと持っていたいやな性格がどんどん強調されます。ケチだった人はどケチになり、食い意地の張った人はさらに食べ物に執着し、人使いの荒かった人は「何様？」と言うほど人をこき使うようになり、甘ったれは全体重をかけて人にもたれかかり、愚痴っぽい人は一日中愚痴ばかり垂れこぼすようになる。

しかし「お金を盗む」ってのはなんか違う。昔から盗む癖のある人なら、とっくに問題になっているでしょう。むしろ、この人生の終盤になって出てきたということは、老いゆえの病気ではないか。精神的なものか認知症かわからないけど、**ともかく「病気」**。そう考えると、義母の人格を全否定しなくて済んで、ちょっと気が楽になりますよ。

80代後半という義母の年を考えると、老い先が長いとは思えない。でもいつ終わるかもわからない。そして何より姑と嫁というのは**天敵**同士。うまくいく可能性がもともと少ない。この八方塞がりの中、いちばん大切にしなくちゃならないのはあなたの生活、これから一緒に老いていくあなたと夫との生活ではないでしょうか。それがおかしくなってしまったら本末転倒だ。義母が死んでも続くんですから。

夫はあなたが困っているのを知っているはず。そしてあなた以上に困っているはず。あなた以上に母の行動にショックを受けて悩んでいるはず。坊主憎けりゃ袈裟までの勢いで、一緒に悩む夫を攻撃してはいけません。夫にも解決のつかない難題なんです。

ともかく助言としては、財布にお金を入れておかない。貴重品は持ち歩く。金庫に入れて鍵をかける。今どきは金庫に見えないような本や時計の形の金庫も売ってて、安くて、便利ですよ。赤ん坊のいる家であぶない物を隠しておくように、金目の物を隠しておくわけです。

そして、あなたが耐えきれなくなる前に（もし介護保険が使えなかったら）身銭切ってでも、ヘルパーさんというプロの他人に入ってもらう、ないしは外の介護施設を利用して**距離を置く**。あなたの立場でできるかどうか、あたしにはわからないんですが、できるかぎり、ぜひ。

# 再婚しましたが、姑が嫌いでたまりません

**数年前、バツイチ同士で再婚しました。90歳になる姑と同居していますが、嫌いで嫌いでたまりません。「嫁などいらなかった」「息子と二人でのんびり暮らすつもりだった」と言われました。こんな姑の面倒など見たくありません。夫は私にはもったいないくらいの人です。**（50代／女性）

「夫は私にはもったいないくらいの人です」という一文が手紙の最後にありました。そして「夫と会えたことは幸運だったと思います」と続いて、手紙は終わっていました。

あたしなら、**いい男は手放しません。**めんどくさい姑がついてきてもです。だって、あなたと夫が100歳まで生きるとしたら、あと40〜50年。姑が100歳まで生きてもあと10年。ほんとに10年生きるかどうかはわからないし、このまま

で10年生きるかどうかもわからない。

姑が今のまま、汚くて頑固で意地悪なまま、エネルギーたっぷりにあなたを攻撃してくる、あなたがそれを世話する……ということはまずないでしょう。死ぬ前には、人はたいてい衰えて弱ります。とくに高齢で死ぬ場合はそうなんです。つまりその頃はあなたに対する毒気もずいぶん弱まっているわけ。

今はまだ姑は自分のことを自分でやれてますから、あなたが面倒を見るというのはまだ起きてないこと。今から悩むのは気が早すぎます。

その上今は、介護にたいして、**プロのサービス**を頼むこともできます。そのお金を惜しまないように。

あなた自身の両親も姑と同じような世代ですね。こっちでこんなに意地悪されながら姑の世話をするなら、家に帰って自分の親をと思うのはもっともです。今どき嫁もへったくれもなく、自分の親の介護は自分で関わらなきゃだめですから。

そのへんについてもふだんから夫とよく話をし、理解しあい、姑の行動、そしてあなたの気持ちをしっかり把握してもらっておいてください。

そこで大切なのは、あなたが、間違っても、夫を責める態度を取らないことです。人は、攻撃されると、もう反射的に、**反撃ないしは防戦**したくなるからです。

あなたの夫が人の痛みに敏感で、共感できる性格を持っていることを願います。どんなに頭でわかっているつもりでも、身内のことを言われた途端に考える力をしゃっと閉ざし、ボンッと怒り出し、何も聞かないモードに入ってしまう人は多いからです。

でもいいですか。もったいないくらいのいい夫なんだから、こんな姑のためにむだな争いをする必要はありません。自分たちの幸せを手放すこともありません。姑にリベンジというか、(ちょっと古いけど)**ぎゃふん**と言わせるためには、何よりも、あなたと夫がこれからも仲良く幸せに暮らすことです。

# 夫の親族のおしゃべりに困っています

夫の親族に、おしゃべり好きで周囲をかき回す人がいます。身内のことも、あることないことぺらぺらと、何時間でもしゃべります。まるで「誹謗中傷散布マン」です。何かよい解決法はないものでしょうか。（50代／女性）

あたしは「**浮世の義理**」という言葉が好きでして。ほんとにしょっちゅう使っています。

どんなときに使うかというと、面倒だけどしなくちゃいけないとき。

向き合いたくないものに向き合わなくちゃいけないとき。

時間がないのに、立ちあがって何かしなくちゃいけないとき。

そしてそれは自分の用事というより、誰かのためというとき。

冠婚葬祭……そんなのもやっぱり**浮世の義理**。

不思議なことで、「これも**浮世の義理**だから」と口に出すと、面倒臭いことも、ほんとはやりたくないことも、積極的にあきらめられる、なんだかちょっと楽しくなってくる。

この方、ほんとに困った人ですが、こういう人が親戚にいるのも、また「**浮世の義理**」。そう思ったらどうかしらね。

あなたもあなたの夫も、この人の弊害をじゅうぶんわかっている。迷惑もしている。でも親戚という関係上、どうしてもつきあいを断つわけにはいかないのだった……。

そうあきらめながら、あなた方は、やるだけのことはやっている。

まずなるべく家に招かない。家に招かなければ会う機会もない。会う機会が少なくなればなるほど、言いふらすネタも少なくなり、実害も少なくなる。完全に無くすことはできません。だって「**浮世の義理**」なんですから。

次にあなた方はあだ名でこの人を呼んでいます。

「分家の三郎さん」とか「本町の太郎さん」とかなら、名前も存在も生々しい。いやな人よね、ほんとに困るなんて言ってるうちに、相手のいやなところばかりこっちの心に染みついて、心底憎らしく思うようになり、しまいに相手の顔も見たくなくなる。

その上そういう気持ちはなんと言うか、ときどき、ブーメランのように、ぎゅいーんとこっちに返ってきて、自分自身が汚れていくような、いやな気持ちにさせられる。でも相手が「誹謗中傷散布マン」なら、アンパンマンかばいきんまんみたいな、そんな顔がぼんやりと浮かぶだけ。

そこには何がしかのおかしみや愛嬌や親しみ、そんなものすら感じられ、これがほんとの**浮世の義理**というヤツではないかいな、と思えませんか。

こんな愉快なあだ名をつけたもの勝ち、今後はこの人が何を誹謗し中傷し散布して回ろうと、こっちはちょっと肩の力を抜いて向き合える。すばらしい解決法と思います。

# 夫の両親と同居の予定、仕事が続けられるか心配です

**夫の両親と同居が始まったら、このまま仕事を続けられるのか、心配しています。義父母は私の仕事を理解してくれていますが、「あなたに頼るしかない」とも言います。同居はいいのですが、仕事は辞めたくありません。はっきり伝えた方がいいのでしょうか。**（50代／女性）

そりゃはっきり伝えておいた方がいいです。あなたの「**絶対に仕事は辞めない」という意志**。

お手紙から読み取れるのが、あなたが同居をいやがってるわけじゃないということです。

同居の覚悟はしている。義父母が自分の仕事を理解してくれているとも感じて

いる。つまり、ある程度の介護もやぶさかではないと見た。「同居はするし介護もする。でも仕事は辞めない」。これがあなたの立ち位置です。

そのためにお金をかけることをいとわないことです。お金を払ってプロの手をかりることです。働いた分出ていきますけど、まあ**（ため息）**しかたがないと腹をくくることです。

小さい子どものいる家庭は、親が自分が自分として生きるために、保育園にお金を払う。当然です。高齢者を抱える家庭もそうなんです。なるべく親自身のお金を使って介護するのが基本ですけどね。

**あなたの場合**、仕事というのは、たんにお金をかせぐ手段ではない。自分の人生を生きるということなんだと思います。

そして介護のいちばんつらいところは、やってるうちに「いったい何のためにこんなことを」と考えるところなんですよね。

親とはものすごく近しい存在ではありますが、自分から見たら**「他のヒト」**。義父母ならよけいです。

ヒトのために身を粉にしてかいがいしくがんばっちゃうと、ときどき、なんでこんなにヒトに人生を蹂躙《じゅうりん》されなきゃならないのかなあ、ヒトはヒトの人生をなんだと思ってるのかなあ、などと不満がわきあがり、むなしくなるんです。

だから、どこまでも、自分の人生を生きるというスジは通す。

そのうちに介護とは「**情けは人のためならず**」ということわざのとおり、自分に向き合うものだとわかる。でもぼろぼろになるまで自分の生活を明け渡してしまっては、恨みばかり残って、いつまでもそれがわからないままなんです。

いつもちょっと「ごめんね」「またごめんね」と思いながら、粛々とやらなくちゃいけないことをこなすといいです。それでもやっぱり、ギリギリのへとへとになるんですけどね。

そして、すべてが終わったとき、「**もっとやってあげればよかった**」という後悔とともに、「自分は、誰のためでもない、自分の成長のためにやってたんだな」と思う。そうすると「おかあさん（おとうさん）ありがとう」という人間的な思いがわきおこってくると思います。

# 娘婿が夫にだけ挨拶をするのが腹立たしいです

**娘婿は、里帰り出産の娘を送ってきたときも、私には一言も挨拶せず、私の夫にだけ「お世話になります」。腹立たしいです。娘には、思いやりがあり気遣ってくれるそうですが……。何かが欠落しており、これから私がしつけようかと思うくらいです。（60代／母親）**

あなたのメールをじっくり読むと、伝わってくるのは、「娘と意思疎通ができないのがつらい」という悩み。

娘の夫の態度にも不満がありますけど、娘とちゃんと意思疎通ができていたら、そっちの不満もそんなにたまらなかったと思うんです。

娘の夫への不満は、実はよくわかります。あたしも同世代のおばさんなので、同じ立場だったら、同じ不満を抱くと思いますね。

あたしは口が先に出る方だから（反省してるんですが）、その場で娘とその夫に面と向かって、「ちょっと、あたしにも挨拶してちょうだいよ」と言っちゃうでしょう。でなければ、「悪気はない」と考えてスルーします。

でも、あなたは**ためこんでしまった**。その上「婿が嫌いになってしまった」とあたしへのメールで宣言してしまった。これはまずいです。宣言しちゃったら、心に残って顔に出て態度にも出て、もっとぎくしゃくします。ですから、まずその嫌い宣言を取り消すこと。「嫌い」じゃなくて「保留」にしておく。

「しつけてやる」というのはいけません。頭ごなしの勢いがありすぎます。なんだか**一昔前の姑**みたいです。そんなことしたら、もっと敬遠されますって。

相手はもうおとなで娘の夫。あなたがしつける相手ではない。おとな同士の関係と心得て、ここはアタシの家なんだからアタシにもちゃんと礼儀を見せてと要求した方がスジが通ってます。

いったん家から出ちゃった娘とは、昔どおりに母娘仲良く暮らせないというのは普通です。母は母のはずなのに、娘は娘でなくなっている。それが**自立**というものです。

里帰り出産というのは、出たはずの家の親を頼って、親の労働力を無償で使おう、世話してもらおうという**甘っちょろい制度**です。でも、そんな手段も取らなければならないほど、今は、新生児と夫婦二人とが力を合わせて新しい家族を作っていく、たいへんな時期なんですよ。

若い二人は新しい家族作りでいっぱいいっぱい。母としては、その夫婦の苦労を見守ってやる。無償の力を貸してやるという程度でいいのでは。かえって今、娘とべったりしすぎると、娘の夫の入る隙がなくなって後々困る。

メールによると、あなたの夫が「な〜にもせんで、受け入れるだけで良い」と言ってるそうですが、もののわかったすてきな夫ですね。

# 息子の妻の実家から届く贈り物を断りたい

**息子の妻の実家からたびたび贈り物が届きます。結婚するときに「お中元やお歳暮のやりとりはやめましょう」と息子夫婦に言ってもらったのですが……。うちもそのたびにお返しを送りますが、年金暮らしで苦痛です。やめたいので、何と言えば失礼に当たりませんか。**（60代／女性）

浮世というやつ。めんどくさくて。いろんな人がいます。自分と違う人。ぶつかったり、気まずい思いしたり。だから**浮世**なんですけどね。

何かもらったら必ずお返ししなくちゃと思っている人。もらって、もらいっぱなしの人。お礼状をしたためる人。それもなかなかできない人。

物のやりとりだけじゃない、たとえば年賀状だっていろんな人がいる。

元旦に配達されるように書く人。年賀状ってものを書かない人。人から来た年賀状に返事を書く人。それも書かない人。

もらいっぱなしでお返しをしない人、お礼状を書かない人、年賀状を書かない人、返事を書かない人が、人間として最低の人たちかというと、そういうわけでもない。何かちょっと頭の中にある生きるルールが違っているだけ。

みんなが同じことをしなきゃと考えている社会だったから、日本の社会はきつかった。昔は、人と同じことをしなければ、社会の中から振り落とされる社会だった。そうやって**縛りつけられていた**。

もうそろそろ、そんな縛りから解き放たれてもいいんじゃないか。

実はあなたもそう思っていて、あなたなりに「お中元やお歳暮のやりとりはやめましょう」と提案したわけですが、相手は、それは納得したけど、少し違うルールの持ち主だったというだけですよ。

息子の妻の親たちはとにかく**善意**なんですよね。娘によくしてくれるあなたたちのことをほんとにありがたく思っていて、それで思わず贈り物をしたくなっちゃうんだと思います。

あたしも実はやっております。世話になってる友人やイトコに、**デコポンやスイカ**を見ると、受け取るときはきっと喜んでくれるだろうと笑顔を想像しながらつい送る。お返しは期待してないし、相手からは「ありがとう」の電話一本だけ。スッキリしてます。

というわけで、あなたにできることは、相手のルールを「こういう人もいる。わたしたちとは違うが、これもアリだ」と受け入れて、そしてその後は「自分らしい対応をする」。

あなたを縛る「お返ししなくちゃ」というルールは捨てます。自分のルールは自分しか捨てられないんですよ。だから勇気を出して捨ててください。

今できることは「心をこめてお礼状を書く」。それだけで充分。

やりとりの輪を断ち切るためにも、「お返ししない」という決意はものすごく重要です。

# 食事中、夫の姉に顔をたたかれました

食事中、夫の姉に「蚊が止まっている」と言われ、顔をたたかれました。結婚して40年余、義姉は義母も洗脳して私をいじめてきました。義父母の遺産は実家も現金もひとり占めです。どうにかならないでしょうか。

(60代／女性)

怒り、憤激、憤慨というか、むしろショックというべきか。

あなたは今、そういう激しい感情をお義姉さんに対して持っていますが、それは、お義姉さんにとつぜん頬をたたかれたことで爆発しました。

もちろんそこにいたるまでに**ほぼ40年**という長い間、あなたはお義姉さんに対して不満を持ってきた。これまで義姉と義母にずいぶんいじめられてきたこと、財産をきちんと分与されずに義姉に取られてしまったこと。

そしてたぶん、そういう不満を打ち明けても、あなたの味方になってくれなかった夫に対する不信感もある。これもまた40年間ずっとそうだったんではないかと思います。

そしてたぶん、お義姉さんの方でもあなたに対して不満はずっと持っていたと思うんですよ。

私は何もしていないのに？　いじめられているのは私の方なのに？

あなたはそう言いたいと思いますが、性格・立場、合わない理由はいくらでもあります。そもそも理由はどうあれ、自分のことを嫌いな人（自分が原因であったとしても）のことを好きにはなれないもんです。

でも基本、人（この場合はお義姉さん）が何を考えてそういう行動を取ったのか、いくら推測したってむだなんです。**人の心の中はわからない**。これが人間関係の基本中の基本。

とにかく、お義姉さんの心の中にはたまっていた負の感情があって、それが食事中に爆発した。それで「蚊が止まってるよ」と言えばいいのに、いきなり無言でたたくという行動に出た。

一方、あなたにもたまっていた負の感情があり「**蚊が止まってたから殺した**」とは思えず、ただ自分への「平手打ち」と思えてしまい、それで怒りが爆発したんだと思うんです。

義姉さんとはきっぱり絶縁しましょう。人を無言でたたくような人とつきあっちゃいられません。あなたは、お義姉さんとはもうつきあわないと夫に宣言して、頑として動かなければいいと思います。

夫は怒るだろうし、親戚づきあいの上で不便だと思うんですがしかたがない。人間の尊厳の問題です。人は人をいきなりたたいちゃいけない。

義姉さんとはつきあわない、同席もしない（でもほかの親戚づきあいはする）という方針で生きていったらどうでしょう。

周囲の和を乱し、人々に迷惑をかけ、いやがられるくらい**我を通す**のもアリですよ。

# 第4章 子どものこと

# 浪人中の娘が予備校をサボって大学生の彼と会っています

浪人中の娘が、予備校をサボって大学生の彼と会っていたことが発覚しました。きつく叱りましたが、模試の結果もさんざんです。サボらせる彼の気持ちも理解できません。恋愛するなとは言いませんが、もっと自分の将来を真剣に考えてほしい。どう言い含めればいいでしょうか。（50代／母親）

あたしもまた、そういう年頃の娘の母親です。ですから、あなたの不満も心配も、ものすごくよくわかります。予備校をサボってデートだなんて、ゆゆしきこと。今が受験勉強のラストスパート、そんなことしてたら勝ち抜いていかれないことが、娘にはわかってない。そもそも娘にはわかってない。親がどれだけ心配しながら受験の日々をすごしているか、目的の大学に入ることがどれだけ大切なことか。まったく彼女は、人生について何を考えているのか。

と、ののしり倒したところで、ちょっと冷静になりましょう。

実は、彼らは一見、自分の将来のことなんか考えていなさそうに見えますが、われわれが思ってるより、もっとずっと**考えつめていて、不安にまみれて**います。ただ経験不足なので、考えが甘いだけです。でもその甘さは親がどうこう言ってどうにかなるものではなく、どうしたって、自分で失敗しながら自分で気がついていかねば身につかないものなんです。

親がやいのやいの言っても、娘にはその必然性がわからない。わからないものを机の前に引きずり据えて、**サアサアサアサアサア**とはやし立てても、やりゃしないのはおわかりのことと思います。

彼女は、すでに違う方法を選んでいる。そしてその方が、より彼女の「自分らしさ」に近いわけです。あなたの「こうあってほしい彼女」ではないかもしれませんが、彼女が苦しみながらつかんだ「彼女らしさ」です。

そもそも、問題集をやりまくるだけの「受験勉強」を一年の間、脇目もふらずにやってる18や19の娘がいたら、顔が見たい。顔を見て「だいじょうぶ？　あんたの人生は試験の後もずっとつづくんだよ」と言ってやりたい。

**娘の人生はまだまだ続きます**。大学に入ってからも、いろんな出会いがあり、興味が生まれ、行動になり、経験になる。どんどん自分の人生が自分のものらしくなっていくわけです。

受験とは、乗り越えなくちゃいけない山また山のひとつ。山の高さも場所も乗り越え方も、娘本人が自分を見つめながら決めていかねば本物の自分になりえません。自分らしさを見つけながら、一歩一歩歩んでいこうよ、時間がかかることも寄り道することもあるだろうけど、と納得して見守っていってやりませんか。

# 夜遊び、外泊が増え、服装も派手になった娘が心配です

**大学3年の娘は、学校へはまじめに通っていますが、友達宅に外泊する回数が増え化粧も服装も派手になり、高校時代からの変わりぶりに驚いています。友達の名前を聞くといやがられ、外泊や服装のことで口を挟んではケンカになります。娘は私のことを嫌っています。今、娘のことが好きになれません。**（50代／母親）

ああ、わかるわかる。うちにも娘がいて追い出したものです。

成長した娘が家から出ていきたくて、自分でも気づかずに全身から「おん出てやるうっ」みたいなオーラを発しているときって、みにくいし（母から見て）かわいくないし（母から見て）後悔だらけだし（母から見て）、家の中はとげとげ

しくなるし、思春期のうっとうしさとはまた違った独特のうっとうしさがありますよね。

自分たちを現代の日本に生きてる人間だと思うから、これじゃいけないと思うわけで、あたしらもただの動物だと、タヌキなんかと同じだと思えば、育った子が巣から出ていくのは当然だし、親が育った子を追い出すのも、ものすごく当然のことです。

感じ悪いから追い出すんじゃなくて、**家を離れるときが来た**からこんなに感じ悪くなってるのかも、とあたしは考えました。そしてその通りでした。娘は、家を離れて数年もしたらツキモノが落ちたみたいに感じ良くなったからです。

あたしからの助言は三つ。

一、当然だと納得すること。

二、納得したら追い出すこと。

三、娘を信じること。

追い出したいということは（**もしわれわれがタヌキだとしたら、ですよ**）むこうがもう成獣として生きのびていく力をそなえているから、追い出そうとしているということです。

お手紙を拝見すると、おかあさんに対しては感じ悪くても、総合的にみると、とてもいい子です。勉強するし、友達はいるし、バイトもしてる。そしていい子だってことがあたしにちゃんと伝わるくらい、あなたも娘を客観的に見ることができている。今はストレスが多いですが、母娘関係は、案外これでいいのかもしれませんよ。おかあさんとしては成功です。だからあなたは娘を信じなさい。

反抗、反発、**おおいにけっこう**、「いい子」のまま親に反抗せず自己主張せずにおとなになってしまったら、あとあと、自分の人生を生きてこなかったと思うようになって苦労します。反発する娘のまっとうさを信じなさい。

口うるさくして娘にいやがられていることは、気にしなくていいんです。親が心配してるんだから、口うるさくして何が悪い。

娘にしても、親とぶつかるからこそ手応えがあり、それで自立の道へ力強く踏み出せるわけ。だから、娘を信じなさい。

# 女手ひとつで育ててきた息子が黙って結婚、子どもまで生まれてました

夫の借金と浮気が原因で離婚。女手ひとつで育ててきた息子（30代）は、転勤して一人暮らしになってすぐ、8つ上、バツイチで子どももいる女性と結婚したい、と言い出しました。複雑な心境になり猛反対しましたが、なんと私に会わせる前に結婚し、彼女は出産までしていました。息子は縁が切られるのが怖くて言い出せなかったと言いますが……。怒り心頭です。（50代／母親）

**受け入れるしかありません。**

今までよくやってこられました。借金、浮気で離婚ときたら、女の苦労の三題噺です。それを若いときに経験し、乗り越え、浮いた話もなく、息子を育てあげ

てきたわけです。力強い女であり、母であり、人間であります。しかも息子は若いときの子で、**あなたはまだ若い**。つまり今まだエネルギーがあり余り、息子に反対する力も並々ならずあるということです。

あなたの猛反対が息子をびびらせた。おわかりのことと思います。しかし、びびっても負けずに、息子は自分の人生をやりとげる意志と実行力を持っていた。

年上で子持ちという割の合わない相手に惚れて、意志をつらぬき、親に反対し突き進む。苦労をものともせず、惚れた女と添い遂げる。これこそ、あたしたちが出会いたいと思っている（そしてめったに出会えない）男です。

育てたのはだれ？　**あなたですよ**。よくやった、いい息子を育ててくれたと、相手の親に、いや世の女の子たちの親ぜんぶに代わりまして、心からお礼を言います。

彼が、相手の実家で大切にされてる様子も目に浮かびます。相手の実家は、あなたの反対をしかたがないと思ってるはず。今まで苦労してきたし、こっちは年上で子連れだし、と。

さて、そこで今、勇気を出して息子を受け入れましょう。頑固な母親をやめましょう。お母さんの反対もしかたないよね、という共感のあるうちに。

息子の妻を受け入れましょう。相手の連れ子を思いやりましょう。親しくつきあえなくても「いつも気にかけているよ」程度の小さなプレゼントをちょこちょこと。

あなたの子育てはまだ終わってません。これから息子がどんな父親になり、どんな家庭を作っていくか、あなたの経験した苦労をさせないためにも、後方支援としての**あなたの力はとても大きい**。

あなたが、理解のない、わからずやの、自分の価値観にこだわる、自分の苦労を忘れない母親になればなるほど、息子も苦労します。息子から母のストレスを取り去って、エネルギーを家庭に向けさせてやりましょう。

そして今、あなたは花咲く50代。50代の先輩として言いますと、今が人生のいちばん楽しい時期。楽しみましょう、自分を。

## 離婚した娘が子ども4人を放って外泊を繰り返しています

娘が離婚し、子ども4人を連れて私たち夫婦の近くに住むようになりました。娘は夜に子どもを置いて外出したりで、子どもたちは学校を休むこともしばしばです。夫は子どもたちがうるさいので、ウチを出入り禁止に。子どもたちがかわいそうでなりません。(50代/女性)

ちょっと聞きには児童虐待、その中でもネグレクトという「親がやることをやらないで、放り出す」というのにとっても近くて、**ドキドキしてます。**一刻も早く、きちんとした相談窓口に相談してみて。地域によって「子ども・女性相談センター」「子ども・家庭相談センター」「子どもと親のサポートセンター」「子ども・若者相談センター」「最寄りの子ども総合相談センター」、それから昔ながらの「児童相談所」……いろんな名前がついています。24時間対応のところも多いです。まずここに電話して。なんなら予約を取って、じっくり話をきいてもらうようにする。

付け足しの情報を入れますと、娘さんはまだ30代前半。離婚してまもなく別れた前夫が亡くなってしまった……。つまり養育費はまったく見込めません。疲れ果てた若い女が一人。ここで途方に暮れてるんです。孤独で、責任ばかり重たくて、でも無力で。

あなたの夫は子どもたちを出入り禁止。娘はあなたの口出しをいやがって、**寄るな、さわるな**のうなり声をあげている。夫の態度は無視すればよい、それほどの危機です。そして娘のそれは、本人が深く傷ついてるせいだと思うんですよ。親に甘えられないコミ入った感情も事情もありましょう。これまでの家族の関係もありましょう。娘さんが最初の子を産んだのは20になったばかりの頃。人生の未熟な時期に、早々と家を出て結婚して子どもを次々に産んだ……。

その経緯を想像すると、娘さん本人が、育った家庭の中で、親との信頼関係をきちんと結ぶことができてなかったし、今も、できてないんじゃないか。もしかしたら、自分自身がちゃんとおとなになることすら、できてないんじゃないかと思うんです。

今は、母として、親子関係を作り直す時期ですよ。夫と娘の関係も、妻と夫の関係も、作り直した方がいいんですが、他人を動かすのはたいへんむずかしいので、**まずあなたが動く**。

最初にするべきことは、手出しでも手伝いでもなんでもなくて、一人の人間として、娘に向かい合い、自分の意見なんか言わずに、虚心に、誠実に、娘の声に耳を傾けること。

**夫は無視しちゃってください**。いざ死ぬときに、ああよくやったと思えるのは、夫との関係より、娘との関係なんじゃないでしょうか。まだ数十年あります。

# 子どもからこれまでのしつけの厳しさなどをなじられています

子どもが相談もなく結婚し、その際にしつけが厳しかったことや無理やり進学させたことなどをなじられ、「もう実家には帰らない」と言われました。私も悩み抜いた末に改心したものの、孫についてアドバイスしようとしただけで「家庭を壊そうとしている」と言われます。（50代／女性）

子どもが、親の人格や存在やこれまでの子育ての苦労を否定するようなことを言う。親にとっては寝耳に水です。

なにしろかわいがって、自分よりも大切に思って、「這《は》えば立て、立てば歩めの親心」で、いろんなことに期待しながら、ここまで育ててきたわけですから。

しかし子どもは子どもで、そんなこと、言わないですめばどんなに楽か。本気で言ってる、それが実感なんだと思うんです。

この食い違い、これを俗に**「親子関係の乱反射」**と呼びます（あたしが名づけた）。なぜコレが起きるかといいますと、親子関係というものが、愛とか自己愛とか支配欲とか依存心とかで、デコボコしてるからなんでしょうね。

乱反射を最小限にとどめるコツならあります。「子どもに期待しない」ことです。しかし、これが難しい。

子どもの成長に期待するのは、親心の基本です。親心がないと子どもは育てられませんし、子どもの方も、適度に期待されてないと、うまく育ちません。

つまり、親の期待とは、毒にもなり得るし、滋養にもなり得るのだと心得て、親は子に期待しつづけるしかないというのが、あたしの出した結論です。

でも、子どものやってる方向や能力や現実に合わせて、親の期待をズラしていく柔軟性を持ちましょう。自分のできなかったことを期待したり、自分と同じ道を進むことを期待したりはやめましょう。

そして「自立した子どもは他人」と考えること。

つまり「**自分は自分**、**人は人**」。ハイ、「万事ＯＫ」でもう何べんも言ってますよね。**耳タコかと思いますが、**これが、人間関係、はたまた生き方の基本です。

親子もまたそのとおり。自分は自分、人は人という根本を見据えて、関わっていきましょう。

でも、助けて（たいていお金）手伝って（孫の世話とか）と言われたときだけ、はいはいと手伝う。赤ん坊のとき、子が泣いたら親が手をさしのべたように。親子関係、赤ん坊のときのままではいけないんでしょうか？

不公平なようですが、それが、（子どもの生き方を尊重した）親子関係のあり方だと思うんです。

さびしい？　とんでもない。家族のつながりは残る。子どもを育てた、子どもは自分たちを親と思ってくれるという事実はある。あなたはけっして独りじゃないんです。

# 長男がパチンコの収入で生活しようとしています

**長男（24）はパチンコの収入で生活し、仕事に就く気がないようです。このままでいいわけはないと思うのですが、どうしたらよいかわかりません。ただ、性格は優しく、弟にもお小遣いをくれ、家にも毎月2万円渡してくれています。**（50代／女性）

微妙に、ギャンブル依存とは違うようですね。

仕事も家族も人間関係も壊し、うそをついてお金を借りて、それをまたギャンブルにつぎこむなどという、よくあるギャンブル依存ならば、まずあなたのするべきことは「**切り捨てる**」。

息子にびた一文も貸さない。息子のやってることを、理解も同情も納得しない。

そして息子自身に「こんなことやってたらダメだ」と気づかせ、「オレは依存症という病気だ」とわからせて、きちんとした精神科の治療を受けさせるしかないです。

しかしこの場合、少し違うような。息子さん、生計をたてていらっしゃる。そればかりか親に毎月仕送りしてくれている孝行息子だ。

パチンコとは、本質的に、そして長期的に見れば、客に損させるものと考えていたので、パチプロなんてものがホントに存在したのかと、一種驚きと畏敬の念で相談を拝見しちゃいました。

しかしまあ、残念ながらこの生活はきっと続かない。

パチンコの機械も変わるし、人間も変わる。ギャンブル依存でないようだから、息子は自分で気がついて、軌道を修正していくでしょう。若いから、きっとできる。母親としては、あなた自身言うように、**ほっとくしかない**。

基本的に、息子や娘に関する心配は、親としては身を切り刻まれるような思いでとてもつらいんですけど、それしかないのです。そしてほっとくというのが「親に信頼されている」という大きな自信を与えてやれるいちばんいい方法です。

この自信は、後々、とても子どものためになります。

しかしときどき、ほっとかれるとダメな子がいるから、一筋縄ではいかないんですが。

一度腹を割ってじっくり話し合ってみるといいです。

なじったり叱ったりは必要ない。**基本は母の愛**。相手の「今」を受け入れて。どんな小さなことでも、ほめてやれることは見つかる。見つかったらほめてやる。その上で真剣に伝えます、「あんたがギャンブル依存になってしまいはしないかと思うと、**母はとても心配だ**」と。

そこで息子に「だいじょうぶだよ、お母さん」と言われたら、ひたすら信じる。でも、お金貸してと言われたら、絶対に貸さない。

あなた自身が本屋に行って、ギャンブル依存の本を一冊買って読んでみて、まんがいちの事態に備えておくといいと思うんですよ。

# 娘がリストカットまがいのことをしています

娘は小学生の頃から不登校がちで、中学校では特別支援学級に通いました。高校は入学したものの、すぐに退学。夫は自分の価値観を押し付けるタイプで、相談できません。娘はリストカットまがいのことをしており、心配で夜も眠れません。（50代／女性）

いいですか。これからわたしが言うことはあなたに対する**批判じゃありませんよ**。あたしはあなたに共感しながらそばに座って話していると思ってくださいね。

リストカットは、親から見るとコワくて気味の悪いくせですが、実はたいていの場合、それでストレスを放出させてるのです。たいして痛くもありません。大げさに対応せず、平然と見守る方がいいとあたしは思っています。

お手紙の中にこんな一文がありました（相談文には割愛）。「受験すると決めたのはみんなと同じ体験をしてほしいとの思いでした」。

これはあなたの気持ちで娘の気持ちじゃない。困り果てた母の気持ちが、娘の気持ちを置いて先走っています。ここは意識して一歩後ろへ下がって、娘が何を考えているのか考えてみて。いや、もう考えてる、考えすぎていっぱいいっぱいよーとあなたは叫びたいだろうなと思いますが。子どもの苦を前にすると、親はほんとに無力で非力。悲しいくらい。でもおうおうにして、親は見ているつもりで見てなかったりするんです。目の前で苦しむ子の苦しみを見たくなくて、**つい顔をそむけてしまう**のも親心……。

親にしかできないことは、この子をじっくり見て話を聞いてやることだと思います。娘が何をしたいか、娘が何がつらいか、娘が何を苦しがっているか。つらくて苦しくて悲しいことはまちがいがないです。親だってものすごく苦しいですが、娘は本人ですからそれ以上のはず。

子どもが泣いてれば、どうしたのと腰をかがめて向こうの目の高さにこっちの目を持ってきて、抱きしめながら、あるいはなでながら、話をきいてやるのが、小さかった頃の母親でした。今もそれをしたらいいんですよ。基本はこうです。娘の話をよくよく聞く。甘やかしたっていい。でも親の意見は極力言わない。不登校については焦らない。でも娘の態度がむかついたらその場で怒る。母の態度はずっと同じでブレのないようにするわけです。

学校に行くか行かないか、実は**ただの人生の通過点**で、たいしたことじゃないのです。いちばん大切なのは、何十年も後、おとなになったどこかの時点で、娘がどんな生き方をしていようと、ふとこう思う、「わたしのおかあさんはわたしをわかってくれた」。

こう思えるなら、それがどれだけこの子を、人間として救うかということ。

# 娘が、子どもがいて借金のある男性に恋しています

20代の娘が、前妻との間に子どもがいて借金もある男性に恋をしています。娘にとっては初めての恋らしい恋で、今はまだ結婚の話に至っていないので、私は見守っている状態ですが……。母親としてとてもつらいのです。（50代／女性）

手紙から少し補足しますね。最後の方に、ふとつけ加えて、こんなことばがありました。

「我が家もお金持ちではないし、どちらかと言うとお金に苦労していますので、子どもが借金のある人と結婚することだけは……と思っておりました」

その気持ち、痛いほどよくわかります。

親は自分のした苦労を子どもにさせたくない。どの親もそう思います。学校に進めなかった親は、子どもだけはちゃんと学校にと思い、ピアノが習えなかった親は子どもには習わせたいと思い、親の離婚を経験した親は、自分はなんとか結婚をまっとうしたいと思う。そして貧乏した親は、貧乏だけはさせたくないと思う。**ごくごく当然の願いなんです。**

でもまた、こういうことも言えるんじゃないか。

娘さんはあなたの家庭で育った。お金に苦労する親、あなたやあなたの夫の姿を見てきた。

娘にはこんな苦労はさせたくないという親心、たぶん娘もわかっている。わかった上で、娘はこの家庭で育ったことをとても誇りに思っていた。親の生き方と違う生き方をわざわざ望むようなことは考えなかった。むしろ、おかあさんやおとうさんがあんなにがんばって生きてきたんだから、わたしにだってできると考えた。

だからこそ娘さんは今こうやってこの男性を受け入れようとしているんだと思います。

前の結婚で子どものいる男、金の問題を抱える男（これが本人の問題で借金をしているのなら、あたしもちょっと待てと言いますが、この場合は違うようです）を受け入れようというのは、相手の男をそのまま全面的に、過去も現在もたぶん未来もぜんぶひっくるめて、その人を受け入れようということ。**おとなの女として愛する相手に**向かい合うときに、そうあるべきりっぱな姿勢です。

あなたの娘は度胸があって、豪気で、いい女ではないですか。娘をいい女に育て上げた。親としてこんなに誇らしいことはないんじゃないか。

まだ結婚の話には至っていないということで、それならなおのこと親の出る幕じゃない。娘を信じて見守っていましょう。

娘が結婚の気持ちを固めてきたら、親は男を受け入れてやりつつも、一度、彼を前に引き据えて、じっと見つめて、真剣な、ドスをきかせた声で「**大切な娘なんですから、不幸にしたらただじゃおきませんよ**」とひとこと言っておくとスッキリしますよ。

# 娘が注意欠陥多動性障害の診断を受けました

**高校生の娘が注意欠陥多動性障害（ADHD）の診断を受けました。小さい頃から「不思議ちゃん」で面白い子でしたが、思春期になり生きづらさを感じるようです。母も覚悟が必要かと思います。エールをいただけませんか。（50代／女性）**

お手紙にあった、でも相談文には割愛した言葉がとても心に残りました。「フツーという概念にとらわれてきたハハ」という言葉です。「『不思議ちゃん』で面白い子だと思っていた」という言葉も心に残りました。

つまりそれが、あなたの内省であり、あなたの目から見た、今まで十数年あなたが向き合ってきた娘の姿なんでしょう。

すごくいいほめ言葉ですよ、「不思議ちゃん」も「面白い子」も。

こういうことを言う親は（あなたですが）、娘を**全面肯定**していますね。それでいい。それがいい。それしかない。あたしはそう思います。これはこの子の個性であって障害とは言いたくない。

本人が生きづらさを感じるようになってきたから、診断をしてもらうことになったんですよね。それでADHDに気づくことができた。

よかったです。それに気づけて。これまでにもイライラしたことがあったと思います。「ふつう」のよその子にできることがなんでできないのか。

でもそれは、やる気がないせいじゃなく、そういう個性を持っているからだということがわかった。

子どもにどう対応したらいいか、学校や社会とはどうつきあっていけばいいか、あなた自身が、心理の先生に考え方や方法を教えてもらうことができる。

以下は言わずもがなで、あなたはもうやってらっしゃると思いますが、娘のことを**まっ正面から**見てやることです。

親は期待しますから、期待するのが親ですから、ありのままの子を見るのではなく、**自分（親）の見たい子を見ちゃう。**

見たい子は、あくまで親の理想というか妄想ですから、結果としてその子を見てるつもりで見てない、しかもその子からずいぶん離れている、ということがまあある。

なんでこの子は……と思うたびに、この事実というか真実を、思い返すといいですよ。

一、できないときにつらいのは、自分（親）よりもむしろ子ども本人。この子はどんなときも一生懸命がんばって「自分」を生きてるんだと思い直す。

二、この子はこの子で、この子なりの成長のしかたや速度がある（実をいえば、どの子もみんなそう、成長のしかたや速度はそれぞれ違うんですが）。

そんなに甘やかしていいのかと思うかもしれませんがいいんですよ。世界じゅうで、**甘やかしてくれる人**なんて、親しかいないんですから。

# 息子のパチンコ通いがエスカレートして心配です

息子（20代）のパチンコ通いが心配です。休日は入り浸りで、消費者金融に借金もあるようです。最近は勤務中にも抜け出しているらしく、このままでは会社を首になるのでは、と心配です。注意すると怒り出します。（50代／女性）

息子さんはもうりっぱなギャンブル依存ですね。母親はこんなに心配でならないのに、息子は「違う、おれは大丈夫だ」と否定して「一回当てれば借金なんてすぐ返せる」とおろかなことを考えているんだと思います。まともな判断ができなくなってるのが、ギャンブル依存というやつ。

アルコール依存や摂食障害が簡単な問題だというつもりはさらさらないんです

が、お酒ならお酒臭いしへべれけになったりするからすぐわかる。食べ物なら食べすぎたり食べなさすぎたりやせたり太ったりするから、やっぱりわかる。でもギャンブル依存はちょっと見にはわからない。そしてギャンブルの金ほしさに家族にも友人にも平気で**うそをつく**。**裏切る**。**だます**。借金を重ねて、家族や家庭が崩壊していく。そういう恐ろしい問題です。

そしてなかなか自分は病気だと認めない。高血圧ですとか糖尿病ですとか言われたら、治療しようとか気をつけなきゃとか思うのに、依存症は思いません。「まだ大丈夫」と本気で思ってる。大丈夫じゃないと気がつくのは、どん底を経験してから。

これじゃまずいと気がついたところで治る薬があるわけじゃないです。でも精神科や心療内科に行って、カウンセリングを受けながら自助グループに参加し、ギャンブル依存の人たちの生きざま、抜け出そうとする生きざまを見据えながら生きていくのが、いちばん回復のためになります。

ギャンブル依存になったのも息子がロクデナシのグウタラだからなどと思わないように。**息子は息子**。これは病気。脳の機能のバランスが崩れているそうですよ。依存症というのは、家族の関係や性格や環境や経験がつるつるとつながって出てくるようなもの、とあたしは感じています。

自分は大丈夫と思ってるから、息子は医者に行きません。どん底に落ちるのを見てるしかないんですが、親ですから、放っておけない、おきたくない。

そこで絶対に、息子の借金を尻ぬぐいしたり、お金を貸したりしてはいけませんよ。そしてあなたは一人で、夫がいるなら夫とともに、心療内科（ギャンブル依存を扱っている医者）や近所の男女共同参画センターの相談室に行って相談してください。そして家族のためのカウンセリングや自助グループのミーティングに出てください。

息子の救済より、まず家族の救済。「津波てんでんこ」ということばがありますが、あたしはギャンブル依存も「**家族てんでんこ**」と思っています。

# 息子が、離婚経験があり10代の子どももいる女性に夢中です

息子は40歳を過ぎても独身だったのですが、最近、仕事関係で知り合った女性とつきあい始めました。ところが彼女には離婚経験があって、10代の子どももいます。しかも子どもの世話は親に頼りきりだとか。そんな彼女にすっかり夢中になってしまって、これから先どうなるのか、心配です。（60代／女性）

ご心配のことと思います。**いくつになっても**子どもを心配する親の気持ちに慈愛と悲哀がにじみ出ていて胸がつまります。でも息子はもう40過ぎ。親の出る幕ではないでしょう。

40過ぎの親思いの息子が、離婚経験もなく諸事に未経験のぴちぴちした若い女

と恋愛して結婚なんてことになったら、それこそ**不気味**であります。

あなたのするべきは、先入観を持たず、「息子の選んだ女性なんだから、いい子にちがいない」と思い込んで、彼女に向かい合うこと。どんな相手も、こちらがそう思い込めば向こうもいい反応を見せてくれて、結果的にそうなります。

彼女が子育てを実家に頼っている点にご不満のようですが、離婚した女が子育てをしていくのに、実家の親ほど強い味方はいないのです。また親にとっても、そうやって頼られてこそ、親子のきずなを実感できるというもの。

あなたの息子が親思いで親に優しいのと同じように、彼女もまた、親に寄り添う優しい娘である、とあたしには思えます。

親思い、親に優しいということは、すてきなことですが、半面、親と密着しているということであります。

**子離れ**、**親離れ**。してないうちはしなくたってOKと思えるでしょうが、実はそれこそ人生の大命題。息子さんは、この恋愛で、大きく自分の人生に踏み出した。もしかしたら生涯の伴侶になるかもしれない。親離れの時期ではないでしょうか。

親が、不安だ、つまらない、くだらないと、否定的に思えるってことは、大切なことなんです。息子が、自分で、親と同調しない人生を選び取ってるということですから。

もちろん、女と男のことはいつどうなるかわかりません。**一寸先は闇なんですよ**。しかしそれでも、この恋愛は、息子の人生にとってけっして無駄なものにはなりません。

『人生いろいろ』という名歌がございます。ほんとうに、いろいろな人生を歩んでこその人間です。

もう一つあなたがするべきなのは、あの歌を口ずさみつつ、彼女のしてきた経験もまた大切な彼女の一部分と考えて、それを尊重すること。息子さんはそういう部分もひっくるめて彼女を好きになったはずなんです。

# 長男が嫁の実家の近くに家を建てます

**長男(30代後半)は遠く離れた地に家族で暮らし、そこに家を建てることになりました。家を建てるのは嫁の実家の近く。夫は賛成しましたが、私は息子を取られたように感じられ、泣けて仕方ありませんでした。優しい子で私たち夫婦のことをいつも気遣ってくれますが、この心のモヤモヤ、どうしたらいいのですか。**(60代/女性)

切ないお気持ち、ほんとうによくわかります。わかるんですが、でもこう考えないといけません。「いまどきは、取るも取られるもない」と。これまで長い間、娘を持つ親は、嫁にやるたびに大切に育ててきた娘を取られてきたわけです。

「**それを言っちゃあ、おしめえよ**」てやつです。

やっといい時代になりました。女も男もなく、取るも取られるもなく、妻と夫が双方の親と関わりを持ち続け、双方の親と同じように家族の楽しみを分かちつつ、サポートしあって生きていく、そういうことができるようになったと思うんです。

もちろん、近い方が地の利はありましょう。一般的に息子より娘の方が親に近いとも言われます。でもそれならば、息子と親が、娘と親みたいな関係を持っていけばいい。

さいわい息子さんはとても優しいかたのようです。そして親のあなたがたもとても優しい。優しい息子を育てたのはあなたがたです。夫の態度には感動しました。とても立派でした。息子の決断にエールを送りつづけてやる。それ以上の親としての態度はありません。

老後に**むき出し**になってくるのは、親と子の関係です。優しい親に育てられた優しい子どもは親のことを忘れません。たとえばあたしみたいに。

うちは老父が独居してます。カリフォルニアくんだりまで来ちゃった親不孝ですけど、諸般の事情で、人生的に、来ないではいられなかったのです。父にはいつも励ましてもらってました。で、あたしは今、遠くにいますけど、日に2回父に電話して、ほぼ毎月熊本に通います。親がどれだけ子どものことを思ってくれたかということが記憶があるかぎり、親のことを気にかけずにはいられません。

老後も介護も、それぞれの人生に合わせて、それぞれのかたちがあると思うのです。息子さんを信じて、盛大なエールを送りつづけてあげてください。

でも比呂美さん、寂しいですよ、とあなたの声が聞こえてくる。そうですよね。寂しいのはどうしようもない。そんなときにはこの歌を。ばってん荒川の名曲**『帰らんちゃよか』**。寂しい思いをしてるのは自分だけじゃない、がんばろうかなと思えて、しみじみ泣けますよ。

# 子育てに熱心すぎる息子、嫁と孫がふびんです

**息子（40代）は行きすぎるくらい子育てに熱心です。孫の態度が悪かったときなどは、孫に暴言を浴びせ収まりがつかなくなることもあるそうです。孫と嫁がふびんでなりません。私が育てた息子、どの時期の子育てがまずかったのかと自分を責める日々です。**（60代／女性）

あたしの見るところ、問題は母（あなた）と子じゃない。あなたの息子と孫、つまり父子間に、問題がフツフツと沸き起こっているのです。

お孫さんは11歳。親に、とくに父親に、反抗し始める時期です。

子育てに熱心に加担してきた男こそ、これまでの子育てでおれはよくやった、ホメられて当然、感謝されて当然と思いがちです。

それなのにある日突然、それまで幼くて自分に従うとばかり思っていた子どもに反抗されて、驚き、傷ついて、居丈高に声を荒らげてエラそうに怒鳴っちゃうんです。居丈高もエラそうなのも、よけい反発されるだけなのに。

もしや息子さん本人が、ろくに反抗期もなかったようないい子だったんではないですか。それで、息子本人も、母であるあなたも、あまり経験のない思春期少年の反抗を前にして、まごついているんじゃないですか。

思春期があんなにいろんなことに反発するその理由は、**一に不安、二に不安**。おとなになる不安、社会に組み込まれていく不安、人間の群れに交じる不安、そういう不安を無意識に感じ取ってカラダで表現しているんです。**七五三**みたいに、この年頃に、だれもが経験しなきゃならないものです。

思春期の反抗は、すればするほどタメになるとあたしは確信してます。

一方、四十男の息子さん。こっちもまだ成長が終わったわけじゃない。子どもに反発されて悩んで成長し、老いを感じてまた成長し、親を見送って成長する。そうやって、**人間、ずうっと成長しつづけていくんですねえ。**

つまりお孫さんは、今、がんばっている。そして息子さんも、自分の息子相手に、反抗しておとなになっていこうと格闘している。

**親の因果が子に報い**……と昔の人は言いました。ほんとにそのとおり。どんな親の思いも言動も、因果が報いるみたいに子に影響を与えていきますよ。でも、そんなことを気にしてたらキリがないです。父親と息子のあつれき、これはもう当然すぎるほど当然な、よくある話であって、母の育て方がよかったの悪かったのという問題じゃない。

母として、祖母として、心の中で「がんばれ」と二人を励まし、二人の成長を信じて、見守ってあげることです。折があったら、息子も孫息子も、やってきたことを、大いにほめてあげることです。

# 娘と嫁の仲違いが原因で、親まで絶縁されてしまいました

娘は夫との関係に悩み、嫁（息子の妻）が何かと相談相手になっていました。しかしささいなことからケンカになったようで、嫁が娘と縁を切ると言い出しました。影響は私たち親夫婦にまで広がり、結局、行き来もなくなりました。元のように仲良くできたらと思うのですが……。（60代／女性）

補足しますと、娘は今、子どもを連れて親の家に同居中です。息子夫婦は娘とだけじゃなく、同居する親とも行き来しなくなってしまったんですね。

さらに補足しますと、あなたのお手紙には「今までのことを振り返って、私も反省するところもあり、また娘も同様です」とある。

ここにあたしは感動しました。あなたは正直な、とても誠実な人だと思いました。この手紙を息子の妻が見てくれたら、問題はすぐに解決しますけどね。反省しているということは、今になって考えれば、母娘のつながりが少々強くなって、息子の妻（嫁）という**他人をちょっと脇に**押しのけちゃったということではないかと思います。

今は娘が傷ついてボロボロになっている時期です。親としては、何をおいても娘をかわいがり、助けてやり、**傷をぺろぺろ**なめてやりたい。

それは全然おかしいことじゃないですよ。母親として当然、今やらねばならない、そして心からやりたいことだと思います。

でもそこに長年つきあってきたよその娘がいて、親身にあなたや娘（義妹）に関わろうとしてくれた。ただ、あなたや娘当人よりは少々冷静で客観的だったんじゃないでしょうか。

よその娘といっても、つまりは息子の妻で孫の母。家族なんですが、やはり子どもの頃から育ててきた娘や息子（ときどきの反抗期を戦いながら過ごしてきた人々）とは**怒りの沸点**というものが違う。

以下、とても大切な人生のコツであります。

人間関係で反省したときは、**一方通行でヨシ**と思うこと。こっちが反省してるんだから向こうも反省してほしい、向こうにだって反省点はある、なんてことは思っちゃいけません。

その覚悟をつけて、あなたから「ごめんね」と言ってみたらどうでしょう。どんな反応が返ってくるかわからない。すぐには気持ちが解けないかもしれないし、向こうには向こうの言い分もあって、それは耳に痛いかもしれない。でもそこで、正直で誠実な義母は踏みとどまる。あれだけ子育てを手伝ってあげたでしょうなんてことは絶対に言わない。

冷静に見れば、彼女は、ひとりの人間としてよく関わろうとしてくれた（だからあなたたちは反省している）。そこをちゃんと評価し、敬意を持ち、その敬意を相手にちゃんと伝えながら、つきあっていくしかないと思います。

情けは人のためならずと言いますが、こういうときに使うことわざかも。

## 結婚しそうにない娘にマンションを買ってやりたい

独身の娘（30代）がいます。結婚しそうもなく、非正規で働く彼女のためにマンションを買ってやるべきか悩んでいます。夫は定年後、投資マネーで生活しているのでお金には困っていません。私たちは賃貸マンション住まいです。（60代／女性）

まあ、マンション。

もちろん買ってあげたらいいと思います。娘さん、喜びますよ。

親が死んでも、自分が老いても、少なくとも住む家はあるわけです。それがこれからどれだけ娘の生活を安泰にするか、また自由にするか、計り知れません。

なに、子どもの人生、親が甘やかしすぎるのはいかがなものかって？

ちっちっ（と指を振り）、親なんてものはね、しょせん子どもをかわいがり、甘やかし、**スネをかじらせてナンボ**のものです。かじらせるスネがあるのなら、大いにかじらせてあげましょうよ。ただ、骨が見えるまでかじらせちゃいけません。こっちに余裕があるときにかぎります。余裕がなくなったら、シッシッと子どもを追い払い、まず自分が自分の人生を全うすることを先に考えてください。

親にもいろいろ事情がありまして、無いスネは振れないということわざがありますが（え？　袖ですか？）、かじらせるだけのものを持たない親もいる。あたしもそのクチです。

それならそれで放っておいていい。ある程度まで育てたら、野生動物を保護してたんだという心づもりで、**森に返す**。巣から追い出す。勝手に生きてってもらう。それもまた、子育ての極意です。

でも、ときには追い出せないこともある。家から離れられない子どももいるし、離せない親もいる。うちにも以前一人いました（何年かしたらいつのまにか出ていきました）。その場合はそのままでいい。置いといていい。焦らなくていい。それもまた、極意です。

**昔、座敷ワラシというのがいました。**元々は東北の妖怪ですが、今は全国どこにでも広がっているはず。あなたの家にもいたっていいはず。気味が悪いけど家に置いておく。そうすると何かいいことがあるそうなんですが、いいこととは何でしょう。金がざくざく入ってくるなんてことはない。かえってお金はかかるし、子どもの行く末が心配なだけなんですが、親子の日々がそのまま続いて何事も起こらないということが、いいことと思えなくもないわけです。

親子にはいろんな形がある。世間の人は一人として同じ人間じゃないんだから、親子として組み合わさって、天文学的な数の親子のあり方がある。つまり、甘やかすもよし、放り出すのもよし、手元から離れていかなくても、それもよし。なんだかマンション買ってやんなさいから話がずいぶん脇道にそれましたが、これが子を持つ親の基本的な心得、そして極意です。

# 第5章 仕事と浮世のこと

# 役割を演じ続けた結果、自分がわからなくなりました

**結婚して20年以上、妻、母、嫁、職場の責任者など複数の役割を続け、それぞれの役割にふさわしい言動を続けた結果、本当の自分がわからなくなっています。「自分らしさ」を少しずつ回復したいのですが……。（50代／女性）**

あなたは、ずっと「いい子」で「いい娘」で「いい嫁」で「いい母」で「いい生徒」で……以下省略、とにかくつねに人の期待を裏切らず、前向きに、人と調和を保ち、人にも自分にも誠実に生きてきた人だったとあたしは思います。「いい子」になるには能力も必要だし、ある程度の意思と行動力もないといけません。それらをあなたは十二分に兼ね備えていたんでしょう。

でもラッキーでしたね。50代になったところで**「アレ？　なんかへんだ」**と気がつきました。

50代は気がつきやすい年代だし、気がついたら行動に移しやすい年代です。子どもたちはみんなオトナになってるし、自分は更年期という黄門様のインローみたいな理由がある。この際「脱いい子」宣言を家族にしてしまいましょう。その方が動きやすい。

いい子をやめるには、**思春期**や2、3歳の**反抗期**にやったことをくり返せばいいんですよ。まず、しなくちゃと思って毎日していることについて「いや」と言う。そして「なんで」と問いかける。しなくていいことはしない。

いい子になるために使った意思と行動力。それを使って「いや」と「なんで」を毎日少しずつくり返していると、だんだん慣れていって、けっこう短い時間で脱いい子ができてくる。がさつでぐうたらになっていくわけですね。

最終的に必要なのは、**ずぼら＝鈍感**さ。このずぼらさがあるかないかで、脱いい子が完成するかどうかが決まってくる。

「人にどう見られていてもかまわない」というのもずぼらさがあるからできるこ

とです。ずぼらだと見栄も張らなくていい。**「あたしはあたし」**の心意気で生きていける。

でも、ちょっと考えてみてください。いい子で何が悪いんですかね。いい子で困るのは、ある程度の年、たとえば中年くらいになったとき、自分の人生は今まで人のためだった、自分のために生きてなかったという感想を抱くことです。

そう思ってしまうと、今までのことがすべてだめだと感じてしまう。でもそうじゃないかもしれない。いい子なのは、あなたの本質です。自分はいい子として自分の人生をしっかり生きてきたんだ。自分らしく生きるためには、そう思うことも大切なんじゃないでしょうか。

しばらく脱いい子を試みているうちに「あー、いい子に帰りたい」と思うかもしれない。**そしたらそれがあなた**なんです。

# 心の病を患っている友人が頻繁に電話をかけてきます

**突然、20年ぶりに友人から電話がありました。心の病を患っているそうで、知人が亡くなり寂しくなったそうです。そのときに身の上話を親身に聞いたせいか、それから頻繁に電話がかかるようになりました。だんだん耐えられなくなってきて……。どう接したらいいのでしょう。**（50代／女性）

えー、この回答は一般論じゃありません。自分が病気の方、家族が病気の方、いろんな読者がいると思いますが、あたしは今、相談してくれたこの方のこの問題にだけ向かい合うつもりで、お答えしたい。みなさん、盗み聞きしててもいいですからね。

心の病の人の相手ほど、たいへんなことはないです。

人間として、助けてあげたい。できるだけのことはしてあげたい。でも、論理が通じない、振り回される。つきあっていたら、病気じゃない人間は疲れ果てます。

あなたは、**逃げていいと思います**。逃げるといっても消極的に。そのまま電話に出なければいいだけです。何回かそういうことがあれば、電話はかかってこなくなります。

**人ひとりがここで**、病んでいます。大ごとです。遠くの友達なんかに手に負えるしろものじゃない。家族でさえ、親や妻や夫でも、抱えたら重たくて投げ出したくなるのが病人です。

しかも心の病は、話の論理的なつじつまもあわなけりゃ、向こうから攻撃してくることもあるし（家族の場合はとくに）、話も状態もどうどう巡りだし、人間として人間に誠意を持って向かい合っている気がしないものです。

あなた自身を守る、という方向に動いて、何が悪いでしょうか。

心の病は、けっきょくは自分で治していかなきゃだめなんだと思います。薬も効きます。カウンセリングが支えることも、民間療法が効くこともあるでしょう。でも根本は自分の治癒力だと、さんざん苦労した結果、あたしはそう思ってます。

実はあたしも自分が心の病だったとき、そうやって友人に電話をかけまくり、いちばんの親友から縁を切られました。悪かったなとも、しかたなかったなとも思っています。心が癒えれば自分の行動の人迷惑なのもわかるので、あきらめられるのです。そういうもんですよ。

縁を切らずにつきあってくれた友人たちもいました。いつか恩返しをと思ってますが、かれらは強いからあたしの電話に耐えられたわけで、なかなか病気になりません。

大切な友人を一人失ったことについて、元気になってから考えたのは、心が病んで人に電話しないでいられなくなったときには、一人に集中せず、何人もの友人に順ぐりに電話していけばいいんだなということ。**次に病んだときは**そうしようと思ってます。

# 価値観が違ってしまった友人との別れ方をご指南ください

**若いときは楽しかったのに、年を重ねて価値観が違ってきた友人がいます。口論まがいになって以来、ずるずると気まずい関係が続いてしまっています。どう別れたらいいでしょうか？**（50代／女性）

別れっちまおう、絶交しちまおう、もう金輪際会わない、などと考えるからなかなかできない。ここは、てきとうに、のらりくらり、行き当たりばったりで行けばいい。……などと言ってるあたしは、実は気弱な小心者で、人とケンカしたり絶交したりが、大の苦手です。いさかいや争いが、苦痛でたまりません。一人っ子のせいで、ケンカ慣れしてないからだと友人には言われます。……そうかもしれない。でもあたしはこう思うんです。**ケンカ別れはもったいない**、と。

友達としてつきあってきた時点で、通りすがりの人や顔見知りより、ずっと共通点はあり、おたがいをよく知ってもいるはず。それなのに、通りすがりの人とは絶交しなくて、友達とは絶交する。これが「もったいない」以外の何であろーか。友達と「違うよ」と真っ向から対立して議論しても、悲しいことですが、他人の意見を聞こうと心をひらいているときでなけりゃ、相手の意見はほとんど変わりません。そして人というもの、年とともにガンコになっていき、ますます心をひらかなくなる。

一つの話題で違うからといって、全部否定することはない。この話題では意見が合わなくても、別の話題では合うことがままあるはず……というのがあたしの考え方です。

もちろん世間の人がみんなこう考えるわけではなく、ケンカや絶交をすぐしたがる人のいることもよく知ってます。それもまた**浮世の味**……と思えばいいのかもしれません。

意見が対立したとき、あたしならこうします。

**是か非かを突きつめない**。話題を変える。うっとうしくなったら離れてみる。

誘われても断る。何度も断る。そのうちに誘われなくなる。絶交したいんじゃなくて、別に会いたくないから会わないだけで、会いたくなったらまた会うだけ。いやだなと感じるメールには返信しない。ほとぼりが覚めた頃に、何食わぬ顔でメールする。そのとき向こうから返信が来なければ、後追いしない。

「絶交してやる」という意志は持たず、「**しかたがない**」という諦念を持って、のらりくらりと行き当たりばったりにつきあっていけば、続くときは続くし、続かないときは続かない。今は続かなくても、またふと、つきあいが再開することもある。こうやってずるずるとつきあっていくわけです。ああ、なんだかぜんぜん役に立たない回答でした。

# 会社で仲の良い人の足が臭くて困っています

**会社で仲良しの人がいますが、足の臭いがとても強いんです。私はとくに騒音や強い臭いに弱いたちで……。臭いのことなので言いづらく、どうするのがよいと思われますか？**（50代／女性）

「会社で仲良し」程度なら、言わないほうがいい。そんなプライベートなこと、人に言うもんじゃないとあたしは思ってます。

言われてその人が気をつけたとしても、足の臭いはすぐになくなるものじゃない。あなたの不満は解消できないままで、ただ人間関係だけが悪くなるんです。

足の臭いは、足と靴と体調の複雑な組み合わせ。汗をかいたところに菌が繁殖して臭いが出るわけですけど、汗をかくのは体質もある、ストレスもある。菌は靴にも靴下にも繁殖する。足や靴下は洗えば済みますが、靴はそうもいきません。

「仲良し」ならば、この手はどうでしょう。相手の足のことは一言も言わず、臭いに敏感だとも言わず、あなたが自分の替えの靴下を持参して毎日はき替える。仕事中は素足にサンダルばきを励行する。臭い消しのクリームなどを塗る。何やってるのと聞かれたら、自分の足の臭いが気になるのと答えて、黙々と足のケアをつづけます。そのうちに友人もつられて足のケアを始めるかもしれません。臭わないよと言われても、いや、気になると言い張る。世間には臭わないのに自分は臭うと思いこんで悩んでいる人もいますからね。

ところで、**臭う靴は、冷凍庫**に入れるといいそうですよ。低温で菌が死ぬんですって。

あたしは娘が学生だったとき、その靴の臭いに閉口して、冷凍庫に入れて殺菌消臭を試みました。ポリ袋に入れてきっちり縛って入れるから汚くないとは思うんですが、やっぱり肉やらカレーやらのそばに靴を入れるのは、一線を越える的な勇気がいります。しかも家族は、そこに靴を見るたびに、ぎゃっと驚く。で、臭いが消えたかというとそうでもなく、何回かやってあきらめて、臭いというのは生きてる証拠と受け止めるようにしました。

問題はあなたの敏感度です。生きてる証拠で済むならいいんですが、それじゃ済まない場合もあります。

つまりあなたがすごく臭いに敏感で、日々その臭いを嗅ぐことが自分の身をおびやかし追いつめるほど、苦痛に感じている……もしそうならば、それがあなたの嗅覚なんですから、ガマンなんて思わず、たかが足の臭いだとも思わず、この人とのおつきあいから**潔く遠ざかる**ことです。

「会社の仲良し」程度なら、人生の上では、別につきあわなくたっていい仲なんじゃないかと思うんですよ。

## 職場で、資格があり高収入なことなどを妬まれ、退職しました

**最近まで働いていた職場で、資格があり他の人より高収入なことなどを妬まれ、働きづらさから辞めました。SNSに書き込んだ内容をもとに、家を割り出されて、気持ち悪い思いもしました。女性の敵は女性……と痛感。悔しい思いを乗り越え、前向きになりたいです。**（50代／女性）

ひきずってますね。人との縁はひきずってもいい、でもいやな気持ちはひきずっちゃいけない。それをひきずるのは、人生上いちばん割の合わない生き方だと思うんです。

前向きに切り替えるためには次の三つです。

まず**忘れること**。過去の思い出と思わず、過去のウンコとでも思って、思い出

しかけても思い出さずにむりやり忘れることです。

**次にSNSの使い方を変えること。**ほんとはいやな思いを忘れるためにSNSもやめてしまえばいいんですが、それがむずかしいことをあたしは身をもって知ってます。それならば傷つかない使い方を習得して続ければいい。

そのコツは、プライベートな部分を出さない。行動をいちいち報告しない。そもそもSNSとは、他人にほめてもらうことに依存して成り立ってるようなものです。それでつい自分の行動を逐一出してしまう。ところが人間の習性として、他人の不幸はおもしろがるけど、他人の幸運にはむかつくというのがある。なんともいやな習性ですが、しかたありません。

プライバシーは出さずに、花が咲いた猫があくびしたなんてのを投稿するだけでも、じゅうぶん自分らしさは表現できるし、遠くの人とつながるという用は足せます。

三つめに反論を少々。

「女性の敵は女性」とあなたは言いますが。

そもそもこの社会の基本は、出るクイは打たれる、違うものは叩かれる。それ

いが多い同性がもてしうどはのるす接く近んだふ。んせまりあも男も女はていつに

ので、同性間のいざこざや敵意や反発が、より多く表面に出てくるわけですよ。

でも、あたしはそこで言いたいのです。とりあえず現時点であなた（女）の敵は女たちかもしれないけど、いちばん困ったときや苦労してるときに手をさしのべてくれるのも**やっぱり女**じゃないか。

夢や理想を語ってるのではなく、あたしの何十年間かの経験から言ってます。あなたは今50代、ホルモンの作用でだんだん「**漢**《おんな》」になってくる年頃。女だ、文句あるかと胸はって生きられるのはまさに今です。

この出来事だけで、自分も含めたすべての女たちを否定してしまわないで。人には敵意より好意を持って。受け入れて。あきらめないで。

こう言ってくると、なんだかこれは、女だけじゃない、人生全般に言えることじゃないかと思えてきました。

# 仕事は好きですが、職場の方針と合わず転職を繰り返してます

**看護師です。仕事は大好きですが、職場の方針に納得できず、次々に転職してしまっています。もうすぐ新たな職場で働きますが、また理想を追求しすぎて心が折れ、自己都合退職となるのでは、と不安です。全力をかけて仕事をしたい！　私は欲深いのでしょうか。**（50代／女性）

お手紙拝見して、あたしは感銘を受けています。

こんなにまっとうで真っ直ぐな人がいる。まっとうで真っ直ぐだからこそ、あちこちぶつかって悲鳴をあげつつ、まだまっとうで真っ直ぐでいつづけたいと言っている。しかもそれが看護師という、理想を持ってナンボの職場で働いている。世間も捨てたもんじゃないなと思いました。

あたしはね、職場で周囲とぶつかるときには、背中を向けてとっとと逃げちゃった方がいいと思ってます。他人のガンコや敵意に立ち向かっていくだけのエネルギーが惜しくてたまらない。

悲しいけど、人っていったん思い込むとなかなか変えられない。好きな相手のことはわかろうとするけど、そうじゃない人についてはぴたりと心を閉ざしてしまう。

そこで、相手を変えようとせずに、自分の考え方から変えてみるとか努力はまだできるんですけど、いちおうやってみて、だめだなと思ったら**すたこら**逃げる。あなたの何回かの転職は、つまりそういうことです。あたしはその生き方に賛成しますよ。

その上あなたは逃げてるだけじゃない。逃げても引き返してくる。**転んでも立ち上がる**。理想を捨てずに挑みつづける。そんなすがすがしい生き方をしてきた。

これはもう、自分の人生はこうなんだ、自分はこういう人間だと納得して、このまま生きるしかないのでは。あなたの家族も呆れながら、これが母（妻）の生き方だと認めてくれてるのでは？

あたしの生き方を見ているうちの娘たちが、そんなふうです。無謀で、いい加減で、けっしていい生き方とは思ってないけど（以前はっきり言われた）、それがおかあさんらしさなんだねと呆れつつも納得しているみたいです。

幸いと言っちゃなんですが、あなたは50代。まもなく定年です。今どき、そしてあなたのような方ならとくに、定年後もまだ10年や15年は元気に働けますよね。どうでしょう、定年後、**楽隠居などはしないで**、看護師の資格を生かしてNPO（非営利団体）のボランティアみたいなところに飛びこんで、思いっきり自分を酷使して理想を追い求めてみたら。

病院という組織の中ではぶつかることの多かった理想ですが、そういう組織を離れれば、自由に自分らしく自分の能力と理想を生かすことのできる場も、人も、必ず見つかると思うんです。

## 職場の気分屋の先輩にいやな思いをさせられています

気分屋の先輩に、入社して数年は我慢してきましたが、限界になり退職を決めました。彼女は私に謝罪し、いったんは和解した雰囲気になりましたが、その後、再び私という存在を無視しているように見えます。心にトゲが刺さったようで苦しいです。（50代／女性）

こんなとき、あたしがいちばんおすすめしたいのもやはり「**逃げろ**」です。だってこういう人たちには、こっちの誠意も真心も通じない。なぜそんな態度を取るのか、取って何の利があるのかなどという論理も通じない。

かれらは、たまたまそこにいる人をつかまえて、自分の不満や不快感をぶつける。いやがらせする。それが快感というか、スッキリするらしい。それだけのことなんですよ。

不思議なことに、そういうことを他人にする人がとんでもなくいやな人、邪悪な人かというと、そういうわけではなく、割といい人だったりするんです。

たまたまその人の邪悪スイッチが、ＯＮに入っちゃったわけですが、簡単にはＯＦＦにならない。そんな人にかかずらわって、時間や感情を、あるいは健康を（ときには命も！）むだにするのはばかばかしい。もったいない。

だから一刻も早くとっとと逃げちゃえばいいんですが、それが、なかなか逃げられないんです。

退職はなかなかできない。だって収入がなくちゃ暮らしていけない。転職もなかなかできない。だって次の職場を見つけなくちゃいけない。

その上次の職場に移ったとして、そこにまたこのような人が絶対にいないとはかぎらない。こういう人に出会う可能性は、いつだってどこにだってある。

そもそも人は必然性があってその場にいるわけですから。職場だって学校だって。……などということを考えているとなかなかそこから逃げ切れない。……**逃げ場がないからこそ、人はこんなに苦しむ。**

でもよかった。あなたはこうやって逃げられた。

心の棘《とげ》をこれから少しずつ抜いていきましょう。と言ってもなかなか抜けていかないから、心の棘と呼ばれている……。

こう考えたらどうでしょう。その人は、先輩でも同僚でもなんでもない。あなたは、ぜんぜん悪くなかった。あなたには、何の責任もなかった。たんに、いやな経験だった。先輩でも同僚でもないそのその人間を、あなたの人生からシャットアウトしてしまおう。

万が一思い出してしまったら、**川を思い浮かべて**ごらんなさい。近所の川。あるいはいつか見たことのある川。どんな川でもいいですよ。水がよどまずに流れていきさえすれば。

さあ目の前を川の水が流れていきます。そこに、頭の中に浮かんだ顔も、思い出したいやな気分もぜんぶ捨ててしまいましょう。

**はい、ドボン！**

# 22年働いた会社で人事のおかしさに異を唱えたら干されました

22年間、懸命に働いてきた会社で、人事のおかしさなどに異を唱えたところ、役職を解かれ、干されています。このまま飼い殺しの窓際族かと思うと、涙がにじみます。定年までの心の支えとなるお言葉をいただけませんか。（50代／女性）

これは「いじめ」だから「逃げてしまえ」と言いたいのですが、あなたの場合は逃げるに逃げられない。それなら、あえて言わせてもらいます。「**伊藤比呂美**」という人生を（本を通して）読んでください。あなたのような人に向けてあたしは死力を尽くして本を書いてきました。

あたしは会社の中でいじめに遭ったことはありません。というのも今でこそ日本に帰ってきて某大学に勤めていますが、これまで40年間、フリーランスの詩人で何の組織にも属してない。今の大学だって3年契約なのでその後どうなるかわかりません。

自分で言うのもなんですが、**苦労の国から苦労の宣伝販売に来た**ような半生を送ってきました。

日本語の詩人なのにアメリカに住む移民として生きてきたわけですから、ハズれ感はハンパじゃない。

その上人生相談歴が長いので、まだ一人分の人生も生き切ってないのに、千人分くらいの苦労だらけの人生を生きた気がする。そういうのを何もかも本の中に書いてきました。

あたしの苦労とあなたの苦労は違いますが、どっちもやっぱり人間の、女の、味わう苦労です。

違う苦労を持ったあなたがあたしの話を読めば、二人を足して二で割ったよりもっとさまざまでひろびろとした「女の人生」みたいなところにたどりついて達観できるだろうし、自由に柔軟になると思う。

今のあなたみたいに、棘だらけのオリの中に閉じ込められたようなときは、何か別のこと、ぜんぜん違うことに夢中になる、ハマる、没頭するというのがいちばん自分を自由にしてくれるんです。

あたしもハマってきましたよ。依存しやすい人間なので、もうハマるとことんまでハマり抜く。

音楽、ズンバ、書道、漫画、園芸、育児に介護……。いちいち書いたから、それを読んだら安全なハマり方がくわしくわかる。

できることなら図書館で借りずに買ってください。借りたのと買ったのとじゃ読み取る真剣さがまるで違う。真剣に読めば読むほどあたしの真剣さが伝わっていくはず。

「**伊藤比呂美**」を読むうちにあなたは自分のやり方で自由になり、自分のやり方で現実から目をそらし自分の中に楽しみを見つける方法、そしてそれを自分の現実にする方法を体得すると思います。

定年までの数年間の後には、若くないけど自由な時間が長く続きます。その先まで、一緒に歩いていこうじゃありませんか。

# パート先の上司が理不尽ですが、仕事は辞めたくありません

パート先の上司（50代女性）がいやな人です。気に入らない人はひどい口調で叱り、従ったらけがをしそうな指示さえあります。このまま続けばみんなの前で言い返してしまいそうです。こんなことでせっかく覚えた仕事を辞めたくありません。（60代／女性）

あたしなら**とっとと**辞めますね。お手紙によると、あなたの職場はもうすでに何人もが辞めていったわけで、誰にとっても居心地のよくない職場のようです。何のお仕事かわからないし、今辞めたらまた就職できるような仕事かどうかもわからないのですが、ここまでストレスがたまり、また改善することができない（つまり相手が変わらない）のなら、辞めた方が身体のためにもずっといいと思

います。

ストレスは命をけずりますし、人を憎む、嫌うということもまた、ストレスと同じく、毒みたいなものが身内から出て自分を傷つけるんです。

どうせならストレスの少ない日々を、人をいやなやつだ、嫌いだと憎まずに済む環境で、**すかーぱかー**と暮らしていきたい。

言いにくいことですが、世の中には「純粋にいやな人」がいます。ためらわずに他人を攻撃する人、自分の立場だけが正しくて他人に対する共感を持てない人たちです。

ね、読者のみなさんのまわりにもきっといるはず。そういう人たちからは逃げた方がいいんですよ。

しかしですよ（と邪悪な笑いをもらして……）。どうせ辞めるのなら、みんなの前で上司に向かって、はっきりと、相手の悪いところを指摘してから辞めたらどうでしょう。それなら泣き寝入りということにはならないし、同僚や後輩のためにもなるんじゃないでしょうか。

若い子が理不尽ないじめに遭ってにっちもさっちも行かなくなってしまったの

なら、あたしはただ「とにかく逃げろ、ひたすら逃げろ、振り返らずに逃げろ」と言いたいですが、同世代の女、しかも強い女には違うことを言います。

更年期過ぎの女たちはなぜか多くが、たくましく勇敢な正義漢になっていく。納得できないことには納得しない。声をあげてはっきり主張する。そういう女たちをあたしは漢《おばさん》と呼びたい。あなたもそのひとり。

あなたはお手紙に「不本意な働き方はしたくない」「黙っていられる性格ではないので、みんなの前で（理不尽な上司に）言い返してしまいそう」等々書いておられます。それだけでもあきらかに、強くたくましく生きてこられた方だということがわかる。

ならばまず、自分の身をストレスから守るためにきっぱり辞める。そしてその前に、正義のために、相手に言いたいことを言うおばさんの王道をつらぬいたらどうでしょう。

# 自分の余命を知らない友人とどう向き合えばいいでしょうか

子どもの頃からの大事な友人ががんになりました。回復を祈っていましたが、彼女の夫から余命を告げられました。本人には知らせていないとのことでしたが、賢い彼女なら感じ取っている気がします。これから彼女とどう向き合ったらいいでしょうか？（50代／女性）

あなたがただの友人じゃなく、娘とか、夫とか、母とか、つまり血のつながりや法的なつながりが公式にあるような間柄ならば、違ったつきあい方ができたと思いますが、あなたはひとりの友人です。

どうしてもそこには制限があるんですよね。

それで、悲しいことですが、あなたは、**ほぼ、なんにも**できません。

それより、がんや余命を本人に告知しないという方法がいまだに取られていることにわたしはとっても驚いたんですが、そういうものなんですかね。あなたの向かい合っている彼女の苦しみも悲しみも、まさにその「知らされない」というところに原因があるんじゃないかと思うんですけどね。

つまりちゃんと告知されてないから、自分の状態がよくわからない。それで不安になるが、その不安をぬぐい取ることができない。自分の病気を受け入れることもできない。そういうことなんじゃないか。

しかしそれはあなたよりさらに外野、いやあなたが外野なんですから、あたしなんて球場の外側ですよ。球場の最寄り駅から電車に乗って30分ほど行ったところかも。そんな場所にいるあたしの意見であって、彼女の人生にとっていちばん大切な存在であるはずの夫の意見ではない。

そして、あなたは**やっぱりなんにも**できません。

でもここで、あなたのお手紙にあったことばを補足します。

「私なら……と置き換えて考えると、今までお世話になった人と会って他愛ないおしゃべりをしたい。これから生き続けていく人たちに〈私〉がいたことを知ってもらいたい」

あなたはこう書いている。ほんとうに友達思いのいい友達です。あなたはなんにもできないけど、この決意があれば、できるだけのことができると思います。

会いに行く。そばにすわって話す。話を聞く。彼女が一人になりたいときには一人にする。それで充分ですよ。

大切なことは、あなたは「なんにもできない」という立場を忘れちゃいけないということ。あなたが彼女のために何かしてあげる以上に、あなた自身が生きるために、彼女はそこにいてくれるということ。

人はみな、**いつか死ぬ**。**死ぬまで生きる**。

彼女もまたその例にもれません。それをまずあなたが理解し、悲しみながらも受け入れなくちゃいけないということ。

この辺をきちっと押さえておけば、大丈夫です。

# 心に響くような文章を書く極意を教えてください

**文章を書くことがとても苦手です。書きたいこと、伝えたいことを欲張ってしまい、まとまりません。すっきりと無駄がなく、端的に、そして相手の心に響くような文章を書く極意を教えてください。**（60代／女性）

むずかしい相談ですねえ。まず、あなたという人は、書くこと自体は好きなのに、書きたいこと、伝えたいことを欲張ってまとまらない傾向があるわけですね（相談文に書いてあるのを写しているだけですが）。

とてもよく自分を観察している。感心しました。

文は人なりと言いますから、それがあなたの性格でもあるわけです。だとしたら「すっきりと無駄がなく、端的に、そして相手の気持ちに届くような文章」を書くために、あなたは自分の性格を変えなくちゃならない。

ちょっと今の性格を分析してみましょう。「書くことが好き」ということは、つまり人とコミュニケーションするのが好き、自分を表現するのも好き。

でも書きたいこと、伝えたいことがいっぱいありすぎてまとまらないということは、つまり好奇心がつよくて、いろんなことに興味を持ち、意見もある。

若い頃のあなたはやや引っ込み思案で内省的だったけど（だから書くのが昔から嫌いじゃないんです、たとえうまく書けなくても）この年になったら、なんだか外向的になり行動的にもなってきた。

人と会っていても、あなたの興味はいっぱいに広がり、言いたいことも次から次へとこみ上げてきて、**よくしゃべる人、ちょっとせわしない人、でもおもしろい人**と思われているのではないですかね。

どこかで抑えればいいんです。文章を書く以前のもっと根本、自分っていうところから抑えればいいのかもしれません。

つまり好奇心はあまり持たないようにする。人と会ってもあんまりしゃべらないようにする。今みたいなつきあい方はやめて、スッキリと無駄のないようなつきあい方に変える。

そうしたら、スッキリした無駄のない文章は書けるかもしれないけど、**あなたじゃなくなってしまう**。

今のあなたらしいあなただから、こうして「万事ＯＫ」を愛読してくださって、これはたしか「ライブ！　万事ＯＫ」でいただいた相談でしたが、そういうイベントにも興味を持って足を運んでくださったんですよね。

あなたが違うあなただったら、こういうことはきっと起こらない。

今あなたは60代。小さい女の子だったときも若い女だったときも成熟した女のときも、あなたはそんな性格を持って生きてきた。初老という世代になった今も、これからもそう。

**それがあなた**。だったらこのままでいいのではありませんか。

# 第6章

# 生老病死のこと

# やることがたくさんあるのに、やる気がわきません

息子3人（大学生、高校生、中学生）の母です。私の母はグループホームに入所中。私は仕事が超多忙で、休日も家で仕事をしています。悩みは、意欲、やる気が出てこないことです。夫（50代）はいちばん手がかかりますが、優しいです。（50代／女性）

50代初めの女が今まであったやる気が出てこない、というときには、まず更年期障害を疑います。

それは**婦人科に行って**女性ホルモンを処方されればあっという間に治る。ホルモン補充療法についてはいろんな意見がありますが、あたしは数人の信頼する婦人科医に勧められて、何の抵抗もなく始めました。人生が極端に長くなった今、

**老眼にメガネ**をかけて視力を補うようなもの。ただ乳がんの割合が少し高くなるので、乳がん検査は欠かさないことが大切です。

実は更年期障害だけじゃなくても、なんとなくウツっぽくなるのは、他にもいろんな病気がある。甲状腺の異常でも糖尿病でも「やる気が出ない」ということはありえますから、一度きちんと人間ドックに入って検査してみるのも悪くない。

そう言いつつも、あたしは実はこう思ってます。

50代は忙しくてナンボの時期。反抗期の息子に、介護の母に、手のかかる夫に、責任ある仕事……ときたら忙しくないわけがない。疲れてないわけがない。へっへっへ、奥さんカラダは正直だぜと俗に言いますが、まったくそのとーり、やる気の出ないときはやる気を出すな、**ただ休め**、とあなたの本能が、あなたのカラダが、ささやいているように思えます。

やる気は、ある人が出すものです。若くてがんばりのきく人がよく出すものでもある。あなたも出してました。それを出せないのが、今の自分の状態なので、もう何も抗わず、最低限のことだけこなして、生きていっていいのではないか。

昔は出せたという記憶があるから、なかなか受け入れがたいのはわかりますが、ソコをなんとか。

そして一日のうち20分でいいから自分のために時間を使ってやる。好きな入浴剤を入れてゆっくりお風呂に浸かるとか。カフェでゆっくりお茶するとか。楽しい本を読むとか（お勧めはあたしの『閉経記』）。

だまされたと思って、一日15分ずつゆっくり好きなことを、自分のためにしてごらんなさい。一か月もすると、ずいぶん変わってるはず。

そのうち親は死に、子どもは巣立ちます。今どきはなかなか巣立たないのもいますが、それはそれで座敷ワラシみたいで**オツであります**。仕事は退職して、夫もあなたも老います。その頃になるといつの間にか、やる気のあるなしは気にならなくなっているのに気がつくでしょう。

# 50歳になっても、若く見られたいと思う自分がいます

**今年で50歳になりました。でも人にはまだまだ若く見られたいと思う自分がいます。自分の年齢とどう折り合いをつければいいでしょうか。（50代／女性）**

折り合いがつかないなら、折り合いなんてつけずにジタバタしているといいと思います。

あたしもあなたくらいのときに、折り合いが全然つかなくて数年間ジタバタしていましたよ。

あなたの今の年齢50歳というのが重要な年齢であることには間違いありません。なにしろ女にとっての**一大イベント「更年期」**が絶賛進行中。

それ以前はただ日々が過ぎていくと感じていたものが、それ以降は**「過ぎていく」んじゃなくて「老いていく」**になる。

まず見かけで目立つところ、顔とか身体の要所から老いて衰えていきます。それで、自分とはこうあるべき、こうありたいという思い込みが現実からどんどんずれていって、元に戻りたい戻したいとあがくわけ。たぶんあなたは今この時期にいます。

この同じ時期に、気持ちの方はどんどんサバサバしていきます。前みたいにはいろんなことが気にならなくなっていきます。

もしなかなかサバサバせず、**毎日が長雨**のようにうつうつとして、昔はこんなじゃなかった、もう少し晴れ間があったと思うようなら、ホルモンの変化によるうつの可能性がおおいにありますから、婦人科で相談してくださいね。

すっかり閉経すると、今まで自分が苦しんでいたこと、「会いたい」や「買いたい」や「ほしい」といった欲望は、もしかしたらホルモンのせいだったとわかってきます。自分のせいじゃなかったんだと考えられるのはとても素敵です。

そしてそのホルモンがなくなった後には、澄みわたった空がすっきりと広がっている……。

その頃には（とっくに50歳をいくつも越えて）すでにあなたは自分の年を全面的に受け入れられているはず。

そしてそれから数年間、穏やかに暮らしているうちに、無遠慮に近寄ってきてぴたりと寄り添い、離れていかないのが「老い」でありますよ。

その頃にはもう見かけにこだわるどころじゃなくなっていて、身体的にあちこち悪くなったり動かなくなったり。そうなると、老いに寄り添われつつ、一緒に歩いていくしかない。

そのどの段階でも、いちばん頼りになるのは「あたしはあたし」という考え方です。「万事ＯＫ」では何度もくり返してますから耳タコかもしれませんけど。

とにかく、人生は表面的にいろいろ変化していくんですが、「あたし」のしんのところは、つねに**ただの「あたし」**である。

## 心身ともに疲れていますが、あと3年は働かなくてはなりません

**最近、心身ともに疲れています。そのためか、職場でも不機嫌で、仕事も面白くありません。子どもがいるので、経済的なことを考えると、あと3年は働かないとならないのですが。なんとかこの状況から抜け出す方法はありますか。（50代／女性）**

お疲れですね。そしてちっとも楽しくない。

不平不満を感じているのは、あなたというより、あなたのからだかもしれません。

いちどお医者に行って、全身をチェックしてみることをおすすめします。疲れたなあ、うつっぽいなあという状態を引き起こす原因はいくつもあります。ただ心がうつなだけというときもあるし、甲状腺に問題があることもある。更

年期のせいでそうなっていることもよくあります。その場合は薬でけろりと治ります。

なにしろ50代の女のからだは、男のからだもそうでしょうけど、**変調の宝庫**。病気というには軽すぎる、でもふつうに生きていくにはちょっとつらいと思う変調が、あっちにもこっちにも出てきて、しかたがない、50年使っていりゃ、車なら廃車だし、建物だってガタが来ます。人間だから、ちょっと調整すればまだ何十年もOKなんですから。

で、コツは、この変調をいい機会と思って、自分に向き合ってやる。

今までよくがんばってきたねえと、ねぎらってやるつもりで、ちょっと自分を手入れしてやる。

手入れにもいろいろありまして、あたしの同世代の友人には、ひたすらおいしいものを食べるのを手入れと思ってるのがいます。恋とかそっちに走ってるのもいます。それにはテレビに出てくるいい男も含まれます。そしてあたしは、運動に走りました。

**ズンバ**というエクササイズ。くそ明るい音楽に乗って腰をまわしながら踊りくるうんですけどね。一時はどこのスポーツクラブにもありました。最近もあるのかしら。機会があったら、やってみて。最初はついていけなくて当然で、数回やってるうちに楽しくなります。昔の「**ええじゃないか**」みたいな気分になって、絶望から立ち直ります。若い女よりむしろ人生の辛酸なめつくした中高年女に向いてるとあたしは思うんです。

さて、そういう基本チェックと行動の点検が終わったら、あとは気の持ちようです。

人にいやなことを言ってしまったり、いやなことがあったりしても、引きずらない。これがいちばんです。あなたは忘れても、相手は覚えてるかもしれませんけどね。何を言っても、けろりとして、感じ良くできるときに感じ良くしていれば、こういう人なのね、と思われるだけです。

**いろんな人がいます。それでいいんですよ。**

# 50歳過ぎ、変人、独身子なし、「生きててすみません」です

比呂美さんも出てくる『読んじゃいなよ！』を読みました。比呂美さんは、50歳を過ぎたらすごく楽になると言っていますが、日本の枠の中で変人だと全然楽ではないです。独身子なし、親は看取り、今は生きててすみませんという感じです。楽でなくても楽しく生きるアドバイスをください。（50代／女性）

『読んじゃいなよ！』（高橋源一郎編、岩波新書）というこの本は「明治学院大学国際学部　高橋源一郎ゼミで岩波新書をよむ」という副題のとおり、憲法学者の長谷部恭男さん、哲学者の鷲田清一さん、そしてあたし（共通点は岩波新書を出しているという点）が、高橋さんのゼミにまねかれて講義をし、学生たちと対

話するという設定の岩波新書。

**あたしの岩波新書は『女の一生』**。つまりこの「万事ＯＫ」にインスパイアされたといってもいい人生相談形式の本です。そしてあたしは学生たちと対話しながら「50歳を過ぎたら楽になる」とか「変人になれ」とか言ってるわけですね。

それは、あたしの実感です。今までこうして「万事ＯＫ」をやってきまして、諸問題の根本に、いい子になる、八方美人になる、つまり自分らしくない生き方を自分に強いるというのがあると思った。

どの世代でもこれが問題の素だと思うんですが、とくに学生という世代ではそういうのが多いようだ。青春に特有のホルモンの関係じゃないですかね。

あなたはそこをそうそうに突破していて、ちゃんと自分を変人と呼べる。すばらしいことですが、あなたの問題は変人か否かというところにはない。

問題は、あなたが今感じている「生きててすみません」という所在なさだ。これは人が寄る辺のない境遇になったときに、変人でも変人でなくても感じる普遍的なものなんですよ。

人ってもともと、社会をつくって生きる動物なんだと思うんですよね。

**ニホンザル**とか**プレーリードッグ**とか**ミーアキャット**とか**蜂**とか**蟻**とかみたいに。つまりどんな他者でも他者がほしい。

もちろん人生はいろいろですから、人はときに一人で生きることになる。初めは二人や三人、あるいはもっと大勢で暮らしていても、年を取るにつれて少なくなっていって、遅かれ早かれみんな一人になるものなんですが、そこに少しでも他者の存在があればもっといきいきする。

必要な栄養素をサプリで補うように、人生の栄養素「人としゃべる」「しゃべって笑う」を補うことをおすすめします。

なじみの相手とはしゃべりやすいですから、習い事をする。ボランティアをする。レストランも喫茶店も美容院も病院も行きつけのところを作る。昔の友人と再会しめんどくさがらずにつきあう。

でも、**変人としての**矜持《きょうじ》を持って自分というセンはしっかり引く。変人のまま人と関わる関わり方は、いくらでもありますよ。

# 過去に傷ついた言葉を忘れる術を教えてください

私は、傷ついたり自分を否定されたりした言葉は、20年、30年経っても忘れられません。忘れようと努力すると、より鮮明によみがえってきます。先日の「万事OK」にあった、いやなことは「過去のウンコ」と思って忘れるという言葉に救われています。本当に流してしまいたい。忘れる術を教えてください。（50代／女性）

「本当に流してしまいたい」と悲鳴のような相談をいただきました。こんな思いをひきずるあなたは、きっと想像力の豊かな、感じる心の強いかただと思います。そしたらその能力を利用して、本当に流してしまえばいいんです。

まず目の前に川を思い描いてみましょう。川のほとりにはアシやヨシやガマが生えている。**ごうごう**と流れるときもあれば、**さらさら**と流れるときもある、そんな川。

次に用意するのは、小さい紙の箱ないしは泥の舟。

紙の箱は使い捨てで、心の倉庫に何百もつみあがっています。舟は泥でできてますから、水に浮かばせれば、しばらくは浮いてますが、やがて沈んでしまうんです。

さて、そうしたら、心の中に浮かんでくるいやな思い、聞きたくない言葉、忘れられない思い出は、浮かんでくるそばから、ぱっぱと箱や舟に捨ててしまう。**大きさによって、小さいものは紙の箱に、大きいものは泥の舟に。**

捨てたらすぐに川に流してしまう。箱はゆらゆら流れていって河口から大海原に出ていって、そのままどこかに消えていく。泥の舟はしばらく浮いてますが、やがてぶくぶくと沈んでしまう。

ざまぁ見ろ、です。

毎日少しずつ、こんなふうに想像する練習をしてごらんなさい。想像力はいやな思いに必ず打ち勝ちますし、こういう日々の鍛錬はあなたの性格を変えてくれます。

あたしは若かった頃、とても神経質で完璧主義でした。子どもを産んだとき、これじゃ子育てがやりにくいだろうと考えて「**がさつ・ずぼら・ぐうたら**」と日々唱えるようにしたんですが、なんと2か月も経たないうちに、それは自分の性格に染みつき、取って代わり、今じゃ人に心配されるほどずぼらでがさつな人間になったんです。

前にも言いましたけど、四苦八苦っていう言葉。耳タコかもしれないけどくり返しますよ。この苦とは何かと言いますと、まず生老病死《しょうろうびょうし》の四苦。それから、愛するものと別れる愛別離苦《あいべつりく》、憎むものと出会う怨憎会苦《おんぞうえく》、求めるものが得られない求不得苦《ぐふとくく》、何かに執着する五蘊盛苦《ごうんじょうく》。これを加えて四苦八苦。

この怨憎会苦がまさに今のあなたの状態。昔から人はこういう苦しみを抱えて生きていてそれをどうにかしようと四苦八苦してきたわけで……。ああ、生きるって、ホントに切なくてけなげな行為だなあと思うんです。

# 適応障害で通院していますが、医師に期待が持てません

20年ほど前に適応障害を発症し、通院中です。ふだんは穏やかな笑顔を意識して演じていますが、そういう自分が嫌いです。そんな私に医師は「楽しいことをしなさい」と言います。医師にも期待できず、悲しくて涙が出ます。（50代／女性）

お手紙をじっくり読みまして、問題の中心は、かかりつけ医に対する不信感なんじゃないかと思いました。

かかりつけ医があなたから話を聞いて、無表情でパソコンに打ち込んで薬を出す。その様子を「セルフ診察を受けているような気持ちになります」と書いてらっしゃるので、思わず声を出して笑いました。

ときどきいますよね、お医者さんにそういう**非人間的な**態度の人が。でもあなたの言葉には人間的なユーモアがあふれていて、シリアスな観察眼もあって、なんておもしろい人だろうと思いました。

あなたはもう何十年も適応障害を抱えていて、心療内科でなかなかいい先生にめぐまれずに、お医者さんをいろいろ変えてきたわけです。もしや、それは自分のせいかもと思っているんじゃないでしょうか。

これはあなたのせいじゃありません。患者とコミュニケーションを取れない医者の問題です。

信頼できる、人間味のある、心療内科の先生とどこかで出会えるはず。自分のために、医者探しをあきらめないことです。

あたしは、何も心療内科に行くだけが方法じゃないと思うんですよ。

50代といえば更年期で身体が激変する時期です。ホットフラッシュとか梅雨空みたいなうつ気分とか、相談したいことはいくらもあるはず。そんなときは婦人科の更年期外来に行ってみたらどうでしょう。

もしかしたらそこで、**信頼できて人間味のある、**あなたのことをしっかり**人間**

**らしく扱ってくれる**先生に出会うかもしれない。

あるいは歯医者の先生、鍼の先生、ホメオパシーやヒーリングの先生、坐禅を導いてくれる老師……どこかに人間らしい先生がいるんじゃないか。どれも体と心につながっていきます。

人間らしい先生を見つけたら、人生のかかりつけ医として長く通う。中には保険のきかない人もいれば遠い所の人もいるかもしれない。でも昔、高名な精神科医に聞きました。遠いけど（高いけど）行かなくちゃという思いで通うと効くんですよって。

あたし自身、前は婦人科の先生とズンバの先生を心のかかりつけ医として通っていたし、今は歯医者と鍼と園芸店。なんで園芸店？　と思うでしょうが、あたしは園芸好き、そこの店長は知識が豊富で、聞けば人間らしく答えてくれるんです。それで医者に行く頻度で植物を買いに行き、ついでに店長に、手みじかに質問する。それだけで人生が落ち着く感じです。

# まだ身近な人の臨終に立ち会った経験がありません

**私にはまだ身近な人を看取った経験がありません。比呂美さんは米国と日本という遠距離なのに、お母さま、お父さま、パートナー、愛犬たちを全て看取っていらっしゃるのがすごいと思います。そのことに対して、どう感じていらっしゃいますか。**（50代／女性）

まず誤解を解きます。すべて看取ってなんかいませんよ。母が死んだとき、あたしはカリフォルニアにいました。犬の一匹はあたしがいないときに死にました。あたしは自分のやり方で介護に関わってきただけで、すごいなんて言われるとちょっと違う。

**人には人の、**介護のないしは看取りのやり方がある。

それぞれの事情のもとに人はそういうやり方をしてるわけで、あの人がああだから自分もああしなくちゃ、などと思うことはない。

ご相談のポイントは、おそらく、身近な人の臨終に居合わせなかった後ろめたさかなと思うのですが、それもまた、感じる必要はないんです。

臨終というものは、そんな大げさなものじゃなく、感傷的なものでもなく、ただ線のこっちから向こうへ**ヒラリとまたぐ**ようなそんな感じ。

生体が刻々死に向かって近づいていき、一線を越し（つまり死に）、でもその後もやはり刻々と変化をつづける、そんな感じなんです。

昔、両親がまだ生きていた頃、死に目に会えないかもと親のかかりつけ医に言ったら、こんなことを言われました。「病院の中でどんなにスタッフが気をつけていても、誰も気がつかないうちに亡くなっているということはある。それはもうしょうがないことですから、『死に目』は気にしない方がいいですよ」と。ほっとしましたね。

あと、看取りに大切なのは、「**自分ができることをする、できないことはしない**」。

死を看取るというのはけっして特別なことじゃなく、毎日あることじゃないけど、日常の生活の中に普通にあるべきものです。そして何人も見送ってみて気づくのは、誰もが、死ぬそのときまで生きている、精神的に健康な状態なら「生きたい」と思っているということです。

つまり死んでいく人たちは精一杯生きている。後に残るわれわれも精一杯、それを見守り、伴走する。見届けて、その死を受け入れる。

伴走はたいへんです。死ぬ人は全力でよりかかってくるから、こっちは巻き込まれかねない。巻き込まれずに自分を保つには「できることはする、できないことはしない」でやっていくしかない。

あなたももう少ししたら、**周囲で人が死ぬ年**になる。そのときには「人にはそれぞれの生き方がある。それぞれの死に方がある。それぞれの看取り方がある」、そういう心構えで臨んでください。

# 最愛の母の自宅葬に夫が反対しています

**最愛の母が倒れました。本当に悲しい親族だけでの自宅葬を考えていますが、夫は「普通のこと」をした方がいいと言います。準備やあいさつに走り回り、故人とゆっくりお別れができないような葬儀にはしたくないのです。**（60代／女性）

うちの父と母が死んだとき、あたしも何もしませんでしたが、あたしも周りもあっけらかんとして、何の抵抗感もなかったです。そもそもうちの父がそういう考え方で、あたしが子どもの頃から「戒名も葬式もお墓もいらない、散骨してほしい」と言っていたので、あたしも自然とそれに染まったのかもしれません。

うちの父も母も故郷から離れて生きてきて、守る仏壇もお墓も、その意識も、持ち合わせていませんでした。

母のときは父がまだ生きていて「何もしない」と言ってましたから、葬儀社さんには小さいテーブルに花とお焼香セットを用意してもらっただけです。父のときもそのとおり。親戚も、高齢だし遠いしで、来てくれたのはほんの数人。叔父が般若《はんにゃ》心経《しんぎょう》を唱え、従弟《いとこ》が光明真言《こうみょうしんごん》を唱え、うちの娘のアメリカ人の夫がキリスト教の何かを英語でやりました。迷信も習俗もなくてすがすがしかったですよ。

ただ、あたしは何も気にしないので気楽にできて後悔もしてませんが、あなたはためらってますよね。**ためらいがあるときは、ちゃんと考えてみたらいい**と思います。

あたしが気にしないのは、あたしなりに考えつめてきたからです。あなたの夫についても「ふつうに」という理由が世間体とかなら無視していい。でも心情的に納得できてないのなら、話し合うべきです。気にしない人はしないけど、気にする人はすごくするのが、この問題です。

自分の本の宣伝で恐縮ですが、あたしはここ数年仏教ざんまいしながら、親の死と親を見送ることをテーマに書いてきました。つまり、まさにこういう問題を考えつめてきたわけです。**『読み解き般若心経』**、**『父の生きる』**、**『いつか死ぬ、**

**それまで生きる　わたしのお経**』……どうか読んでみていただきたい。読んでるうちにきっと答えが見つかります。

今つらつら考えてみると、あたしはたぶん、**行きずりの知らない人**に、その人が職業的なお坊さんというだけで、大切な親との最後の時間を任せてしまって、通りいっぺんに取り仕切られるのもいやだったんでしょうね。

でも数年間の仏教ざんまいの結果、今、あたしにはお坊さんの友人が何人もいます。ちゃんと仏教について、お経について、勉強してるし考えている人たちです。**ああいう人たちになら**任せてみたいとも思っています。

# 痛くない死に方なんてありますか？

**そろそろ老後の死というものが見えてくる年齢になってきました。死ぬということはあまり怖くないのですが、痛くない死に方なんていうのはあるのでしょうか。**（60代／女性）

母を火葬にして帰ってきた日の夜、父が寝ぼけて、母に話しかけていました。「**おい、死ぬときゃ痛いかい**」と。夢の中で母がなんて答えたのか。父には聞いてません。

医者の友人に聞いたことがあるんですが、病気でなくて死ぬのなら、枯れ葉がすっと木から離れるように、すっと機能がとまる。痛いも苦しいもない。でも人はたいてい病気で死ぬから、痛い苦しいがあるそうです。

ならば、なるたけ健康を保って100歳や110歳まで生きて死んだら、痛みも苦しみもなくすっと死ねるんじゃないかと思うんですよ。

死が近づくと、体の臓器の機能がひとつひとつ衰えていく。心臓も衰える。肝臓も肺も機能しなくなる。血圧は下がるし、体はむくむ。呼吸も不規則に荒くなる。でもそんなとき、脳の中に恍惚状態を生みだす麻薬みたいな化学物質が自然と出るから、本人はたいした苦しさは感じないで済むようだ。……これも医者の友人に聞いたことです。

しかしまた痛みがある死こそ死じゃないか。生きているものはみな生きたいと思う、病気や何かで絶望していないかぎり。これは親や夫の死ぬのを見ていて実感しました。生きたいから死と戦う。それで苦しみ痛みになる。でも痛くて苦しいから、生きてるものが死を受け入れられるんじゃないか。死との戦いが終わって、痛み苦しみから解放されたときはさぞかし救われる瞬間だろうと思うんです。

けっきょくは自分で**死んでみないとわからない**わけです。一発勝負なのが、死のいちばん怖いところかも。

死ぬときは痛くないか。これはいつも人の関心事でした。たとえば仏教なら「発《ほつ》願《がん》文《もん》」という短いお経が人々のそういう思いをまとめて祈りあげています。

宗教的にかたよる気はないんですが、たまたまあたしがお経の翻訳をやっている
ものです。ご紹介します。

わたくしは願っています
命の終わるときには
心あわてず
心さわがず
心うしなわず
いたみくるしみもなく
ゆったりとここちよく
なやみわずらいは身からはなれ
しんとしずまる心をもてば
目にうかぶのは
みちびいてくださる
おひじりさまや

ぼさつさま
あみださまの
お救いくださるみこころに
この身をゆだねます
どうかわたくしを
あみださまのみ国へ
生まれさせてくださ
み国へついたなら
自由な力を得て
元の世界にたちもどり
こんどはわたくしが
苦しむ人々を
たすけます
虚空のように
果てのないこの世界

わたくしもまた
いつまでも
どこまでも
願いつづけてゆくのです
身も心もなげだして
あみださまに
おすがりいたします

（『いつか死ぬ、それまで生きる　わたしのお経』より）

# 第7章 夫婦のこと

# 芸術家になるのをあきらめた夫が酒浸りです

芸術家をめざす夫に魅かれ、才能を発揮させるのが私の役目と思って結婚しましたが、夫は大病をきっかけに夢をあきらめてしまい、それからは酒にのまれる日々を過ごしています。これから夫とどう向き合っていけばいいのでしょう。（50代／女性）

あなたの観察力はたいしたものだ。自分のことも、夫や亡くなった父のことも。その上、文章力もかなりなものです。流れがよく、感情は適度にきちんと表現され、一篇の小説を読んでいるようでした。

あたしは、夫がどうのこうのというより、あなた自身がもっともっと今までやってきた自分の人生を思いっきり認めて、**自分のことをちゃんと評価する**という過程が必要だと思います。

自分で自分をほめるだけでなく、誰かにほめてもらって、できたら好きになってもらいたいところです。それができるのは、あなたにとっては夫だし、夫にとってはあなた。

ま、人にしてもらいたいことっていうのは、望んだところでなかなか思い通りになるものではありませんから、ゆっくりと考えましょう。

あなたの性格はりりしくてたくましいです。あなたはそれを、違うものならよかった、そしたら夫をもっと支えられたのにと考えようとしてますね。

あたしはそうは思いません。あなたみたいな性格と能力の人だから、夫の芸術家癖と酒癖に巻き込まれないで、生きていくことができるんです。

芸術を創り出す、それを生活の中心に据えるというのは、**言っちゃ悪いが**依存症の患者と暮らしていくようなものです。同居する妻（夫）が理解して共感してしまったら、生活はなかなか成り立ちません。

家庭の中に不理解者がいてこそ、バランスが取れる。あなたがいたからこそ、あなたたちの家庭はバランスが取れてきた。

つまりこれからも、あなたは夫の酒癖を理解しちゃいけません。**不愉快だからやめてほしい**と言い続けます。そして夫のことはさておいて、あなた自身の回復にコレ努めます。

夫が夢を捨ててきたと言うなら、あなただって捨ててきたはずだ。芸術家を支える以外にも、自分自身の夢があったはずだ。それは何だっけ？　それを見つけ出す。**夢は一つだけじゃありません。**それをもう一度見つけ直す。あきらめちゃいけません。どんな年になっても、自分が見られる夢は必ずある。てなことを考えて忙しくしているうちに、夫のことも、よりよく見えてきましょう。

# お酒が入ると、物を壊し手を上げる夫。もう疲れました

お酒が入ると、物を壊したり、手を上げたりする夫。親の遺影を飾ったら「よめのくせに」と取り上げられたりもされ、もう疲れてしまいました。でも、お金はないし、夫が解放してくれるとも思えず、すぐには出ていけません。（50代／女性）

離婚すべきですよ。

あなたは今までほんとによくやってきた。双方の親の介護、子育て、仕事と、超人的な働きでした。それでも夫はあなたの気持ちを理解しないどころか歩み寄ろうともしない。

「長年の習慣で、つらくても悲しくてもあまり感じないように自分をごまかして

暮らすことはできます」とお手紙にありました。切なすぎる言葉に、これまでのあなたがどれだけがんばってきたか、どれだけつらかったか、ヒシヒシ伝わってきました。

そろそろ**自分自身に**戻るべきです。それを時間をかけてゆっくりやっていきませんか。

それで、まず最初の提案は「**がんばらない**」です。家庭を投げ出しちゃう。夫に気を使わない。自分の好きなように生きる。そして周到に離婚を準備する。

さいわい夫さえ視界に入れなければ生活は安定してます。子どもたちも近くにいるので、あなたは一人ぼっちじゃありません。一日に数十分でも子どもと話したり笑ったりできれば、あとは夫向けのしかめっ面でもなんとか生きていけます。

そして着々と離婚について考えていきます。

大切なのは、離婚後、どう暮らしていくか。ちゃんと弁護士さんに相談して、対策をきっちりと練っておくんです。

あなたは別れた後の夫の生活まで心配してますけど、人が好すぎます。今はただ思いっきり自己中心的に、自分がどうやったら救われるかだけを考えて生きなくちゃ。でないと離婚はできません。

あたしはこういう不信心者ですが、あなたが実家の親の遺影を飾ったときの夫の行為が許せないんですよね。あなたは「一つの家に二つ仏様をまつるのはよくない」という理由で納得しようとしてますが、納得することはない。何々家の仏様とは、仏教というより、祖先を大切にする日本古来の考え方です。家に人々が縛られていた時代ならともかくも、今は家族が少人数になり、家の土地から外に出ていくようにもなり、いろんなものが壊れた分、人は自分らしく生きられるようになった。

親の写真をそばに置いておきたい、お線香も上げたいと思うのは、人間の当然の気持ち、真心です。一つの家に仏様が二つあろうが三つあろうがかまうことはない。真心をいけないという文化や夫なんて、**くそくらえ!** ですよ。

# 夫とは会話も成り立ちません。この先どうしたらいいでしょう

父が母を殴る姿を見て育ち、結婚した夫とは、会話も成り立ちません。その夫がリストラされ、親の介護を名目に家を出ています。息子は無職で、私のパート代で暮らしています。同居か、離婚か、このまま別居か。どうしていいかわかりません。（50代／女性）

あなたは二十数年間、身体の暴力は振るわれなくても、心の暴力は振るわれっぱなしで生きてきたんですね。夫からも、亡くなった実の父親からも。長い間、つらかったでしょう。もうそろそろ、胸を張って自分を取り戻しにかかってもいい頃です。

お手紙から、割愛した、でもあなたの気持ちが切なく伝わってくるところを2

か所引用します。

「主人はいつでも籍を抜いていいと言いますが、年金分割には応じてくれません」

「もう戸籍を汚したくない、私はダメ人間だ、母親としても、妻としても失格だと死んだ父親に人間失格のらく印を押されているような気がしてなりません」

でもちょっと待って。年金の分割についてあたしも調べてみましたよ。複雑すぎてワケがわからないんですけど、あきらめてしまうのは早いような気がします。とりあえずちゃんとしたところに相談してみませんか。たとえば市役所の「市民相談室」や各地の男女共同参画センターの相談室、日本弁護士連合会の「法テラス・サポートダイヤル」とか。

これから離婚して自立していく道を探るために。つまりあたしがおすすめするのは離婚です。

あなたは「戸籍を汚したくない」とおっしゃいます。うーむ、これには共感できない。

**あたしたちは戸籍のために生きてるわけじゃない。あたしたちが生きてるから戸籍があるんです。**戸籍というのはただの管理システム、流しやトイレじゃないんだから、汚れるも汚れないもありません。あたしたちの現実は、人々がイエ制度に守られていた昔からはとっくにかけ離れている。だからみんな悩むんです。昔風の価値観を、こんなところだけ無反省に引き受けちゃいけませんよ。

息子に働いてもらって生活を安定させたいのは山々ですが、彼は彼で、求職しても不採用ということが続いて、すっかり自信をなくして心に傷を抱えているはず。やいのやいの言ったってつらいだけです。もし機会があったら、彼に伝えてください。まだ少し母に食わせてもらえるんだから、お金にならなくても、ボランティアでもいいから、身体を動かして人と関わってみたら、と。とにかく何かを始める、それを続けて人間関係を作るというのが、細くて遠回りですが、案外といい道です。

# 夫が居間での喫煙をやめてくれません

夫が居間での喫煙をやめてくれません。子どもと私の健康が心配なので2階にテレビを買おうかと考えましたが、子どもが2階で過ごすようになれば、家庭がさらにぎすぎすしそうで心配です。どうしたら健康に害なく、家庭も円満に収まるでしょうか。（50代／女性）

あたしはタバコの煙にアレルギーがあって、煙に刺激されて喘息《ぜんそく》みたいになっちゃうんです。同席している人がタバコを吸い始めたら即座にやめてもらいます。

この強気は、とっても嫌煙的な、「公共の場では吸わない」が普通になっているアメリカ社会に住んでいたせいもある。

タバコの煙、とくに他人の吸ってるタバコの煙を吸い込む受動喫煙というやつは、健康に悪すぎます。たとえば、ある種の肺がんにかかる率ですが……。吸う夫と暮らしている吸わない妻は、吸わない夫と暮らしている吸わない妻より、2倍ほど高いそうですよ。心筋梗塞や脳卒中になる率もぐっと高くなるそうです。

でも、あたしを見てください。両親がタバコを吸う家庭で育てられ、結婚した夫もタバコを吸ってましたが（別れたんですが、別れる前は夕バコの煙が彼よりイヤになってて、家じゅうに空気清浄機を置いてました）、これこのように、肺がんにも心筋梗塞にも脳卒中にもなってない。

アレルギーがひどくなったのは長年タバコの煙にさらされつづけたせいかと思ってますが、証明できていません。

あなたと子どもが受動喫煙のせいで重大な病気にかかる確率は、うーむ、確率ですからね、運が悪ければたいへんなことになるし、運がよければあたし程度で済むでしょう。

あなたがたは、今現在、会話もなく、かなり**ぎすぎすした**夫婦関係のようにお見受けします。問題は、タバコだ煙だというよりは、**夫婦関係**だと思います。そのぎすぎすの解消、関係をよくすることが、まず優先なんじゃないですか。でも、そのとき嫌煙だのなんの言ってたら、たぶんムリですよね。ケムリだけに。

あなたにとっての優先事項は何なのか、ご自身でじっくり考えて。そして判断して。

夫と仲良くしたい、家族の和を取り戻したいというのが優先ならば、死ぬ気で煙の中に飛びこんでいくことです。たぶん、死なないと思います、あたしみたいに。保証はまったくできませんが。

いや、やっぱりそんなリスクは冒したくないと思うのなら、迷わず、今まで以上に離れて暮らしましょう。それで壊れる家族なら、いつか壊れるんですから。

# 夫の浮気で苦しんだときに見つけた生きがいに没頭したら、離婚を切り出されました

**夫の浮気で苦しんでいたとき、比呂美さんに別に生きがいを見つけたらと助言され、高齢者支援の活動を始めました。ところが没頭しすぎたせいか、夫に別れたいと言われました。でも、子どもが病気がちで私には仕事がなく、生活への不安もあって……。（50代／女性）**

数年前、浮気されて苦しんでいたとき「夫のことをきらいになることができなかった」とあなたは言いますが（相談文には割愛しましたが、そうお手紙に書いてあります）、今もその気持ちなんでしょうか。で、もしそうならば、夫がどんなに離婚離婚とさわぎたてても、あなたが離婚したくない以上、離婚しなくていいんじゃないかとあたしは思います。

だって、夫の言ってくる離婚の理由は「夫の両親の悪口を言った」「夫の趣味につきあわない」「高齢者支援の活動がわからない」などなど、どれもあなたが悪いってことになりませんよ。

夫婦なんだから、意見の食い違いやぶつかりあいは当然あるわけで、そのたびにいちいち離婚してたら、そもそも結婚っていうのが無意味になります。

むしろ不貞をしてるのはあっちです。**出るとこに出て、不利なのは、あっち**だと思うんです。

あたしは、このままずるずると居座ることをすすめます。夫からの離婚してくれの圧力に耐えられなくなって、ああ離婚しちゃってさっぱりしたいわあとあなたが思うまで、このまま。

しかしいざそのときに慰謝料をがっぽりいただくために、弁護士に相談して、用意周到に準備を整えておくことも、心からおすすめします。

居座れと励ましてるあたしですが、実はいつか離婚しなくちゃいけないのかなと思ってます。**根腐れ**し始めた鉢植えは、時間はかかりますが、少しずつ弱っていって、やがて枯れます。夫婦というのもそういうもの。悲しいことですけどね。

今、夫は単身赴任中ですね。離れていて気楽ですが、それじゃ心も離れていきます。

行き来を増やし、夫婦というのはともかく、家族という意識で、毎日生活することはできないかしら。これがもう一つのおすすめです。

今まで、あなたはほんとによく頑張ってきました。

夫の浮気で苦しみ抜いていたのに、外に一歩を踏み出して自分の活動を始めた。「初めて自分の人生を生きている感じがする」とお便りに書いてあることばにあたしは感動しましたよ。自分らしく生きたいと思ってる人たちみんなに伝えたいくらいです。

これから何年かかけて、「自立して生活していく」という目標に向かって、一歩一歩着実に歩いていくこともできると思うんです。

# 20年以上うそと借金を繰り返す夫、離婚を決意したものの自分がみじめで苦しい

「借金はない」という夫を信じて結婚したのに、借金が発覚。「もううそはつかない、借金もしない」と誓っても、20年以上うそと借金を繰り返し、返済は私に任せっきりで、おわびや感謝の言葉もありません。離婚を決意したものの、自分がみじめで、苦しいです。（50代／女性）

よくぞ離婚を決意しましたね。大成功です。20年以上かかりましたが、特別長い時間ではないです。80年の人生の中ではあっという間。でもそれは、赤ん坊が一人おとなになるまでの時間。

**それだけの時間が必要だったということですよ。**

人が人と密接に関わる。体も、心も、お金も、家も、家族も。人生をともにす

る。二人で一つ。呉越同舟で一蓮托生。それが結婚ってものだと思うんです。
やはり夫に対する思いも思い出もいろいろとあるはずで、それがあるから夫婦だったわけで、ちゃっちゃっと割り切れるなら、古今東西さんざんくり返されてきた夫婦の悲劇や未練の演歌なんて必要ないことになる。なかなか割り切れない。でも、**汚泥の中を歩きまわってやっと**外に出たのが今のあなた。これまですごい勇気を出してきたはず。

いただいたメールの最後に、こんなことばがぽつんと付け加えられてありました。「これから一人で生きていくためにもっと強くならなければと言い聞かせてますが、どうしてもつらかったことばかり思い出され、自己否定してしまいます」

あなたの苦しみと、皮膚を接しているように感じられました。でもあたしは、あなたはもう充分に強い、充分にがんばって生きてきたと思うんです。あなたに今できること（そして、していいんだと気がついて、今からしなくちゃいけないこと）は、自分だって弱い、と気がついて、泣いたりわめいたり人に頼ったりすることでは？

離婚というのはけっこう**後をひく**ものでして……。心が癒えるまで、この後も時間がかかる。あたしは4年かかったし、友人には5年かかったというのも2年というのもいます。ま、**当社比で4年**ということにしておきます。

最初のうちはとにかく**相手を憎んで悪者にする**ことです。ダメで、バカで、ぐうたらで、ろくでなしだ、と心の中で思いっきりののしり悪態をつき、この離婚、そして夫婦生活を、すべてあなたが正義の被害者という点で正当化します。

そしてDVやモラハラの話を読んで、そこから抜け出した人たちの苦労話を聞く。何かしらあてはまると思うし、なんでこうなったかを理解するのに役立つ。

……その時期がすぎた頃には、自分ってなんだったのか、どう生きたいのかということが、前向きに考え直せていると思いますよ。

# うつ病で休職中の夫。趣味には積極的でも家のことはしません

夫がうつ病と診断され、休職。趣味などは積極的ですが、家のことは一切せず、ただ毎日をだらだら過ごしているように見えます。そのことでけんかになり「そんなに不満なら出ていけ」と言われました。こんな夫と老後をともにすることは考えられなくなり、不安です。（50代／女性）

あなたはまじめな方です。何事にも責任感が強くて、一所懸命に取り組んでいらっしゃる。子育ても、家事も、パートの仕事も、家族への対し方も、そうやってきたんだと思います。そしてある意味、夫もそういう人で、つまり似た者夫婦だったのでは？

夫はダラダラ生きてるように見えますが、実は**心の中は不安でいっぱい**。これ

でいいのかこれからどうなるのか。それが「うつ」です。

まずおすすめしたいのは、**うつとは何か**をよく知ること。うつ病関係の本を一冊読んでごらんなさい。ご主人のかかりつけのお医者さんに、いい本をすすめてもらうといいと思います。

正体を知っておけば怖くない。夫にどう対応したらいいのかということもわかってきます。ダラダラしてるのを批判したり、いつ治るのと急《せ》き立てたりしちゃ、逆効果というのもわかってきます。

焦っちゃいけません。あなたがそばにいるだけで、夫には力強いサポートになってるはず。夫も、あなた本人も気がついてないかもしれませんが、絶対そうなんです。

そして、今のあなたのいちばんのストレスは、何もかもあなたの肩にかかってきてることですよね。

ここは、やらなくていいことは放り出します。**とことん放り出します**。

夫のことも、そばにいるだけでサポートなんだと考えて、ほったらかす。家庭内離婚というんじゃなく、平和な家庭内下宿とでもいいますか、お互いにあんまり干渉しない生活を心がける。

夫が何もしないということは、息子も家事は何もしてないはず。ならば、やらせる。

変えるのはまずあなた。人の生き方を変えるのと自分の生き方を変えるのでは、自分の生き方を変える方が簡単です。

つまり、まじめで何もかもしょいこんでしまう自分を、しょいこまない自分に変える。夫のことを気にせずにいられる自分に変える。家事を放り出せる自分に変えてやる。

大丈夫、いつも心がけていれば必ず変わります。まじめな人にはむずかしいけど、何事もがんばるのは得意なはず。がんばって放り出すんです。合言葉は「**がさつ、ずぼら、ぐうたら**」。これを(がんばって)唱えておれば、一年もしたら「あたしやらないから、あんたたちやってね」と平然と言い放てる自分に変わって楽になりますとも。

# 夫に家事を教えても全く身につかず、説明するのが苦痛です

**夫の定年後、家事を当番制にするのが私の希望です。これまで少しずつ家事を教え込んだつもりですが、全く身につかず、段取りや手順の説明などが苦痛になってきました。もう諦めた方がいいでしょうか。**（50代／女性）

どんな希望も捨てずに、**イツカデキルヨウニナル**と祈りながら夫に家事をやらせ、もとい、やってもらいます。

あなたは絶対手を出さず、手際が悪くてまずい食事、汚れの目立つ室内などを我慢しながら、それでもひたすら夫に任せ切ってください。

手練《てだ》れの主婦はたいていここで我慢できなくなって脱落。こんなことなら自分がやった方が早くてキレイでウマいと判断して動いてしまう。

しかし将来的に見て、それが夫を家事から遠ざけ、一人立ちをさまたげ、ひいてはあなた自身の自由を奪い取る。

あなたが老いて動くのもつらくなったとき、まだそこに養ってもらうのをひな鳥みたいに口をあけて待っている夫がいて、その世話をするのにあなたは命をすり減らす。

そういう近未来を考えれば、一に我慢二に我慢。料理も身の回りのこともお金の管理も、最低限の生活力を、妻も夫もつけておくべきなんです。

ただ、自分には自分のやり方と速度があるということに着目。つまり夫にも夫のやり方と速度があるはずと納得して、どんなにあなたのやり方が効率的でも、それを夫に押しつけないことです。

あたしもその昔、前夫（日本人の夫でした）と食事当番を分かちあいはじめたとき、前夫が長い時間かけて作った「**タコ焼きと白いご飯**」という夕食を、何とも言えない気持ちで食べたのを思い出します。でもここで彼ができるようにならなきゃ、あたしの体には朝食・昼食・夕食の五寸釘が3本突き刺さったままだと思って堪えました。

**夫をノセる**コツは、たとえば料理なら、いっぱいほめて、おいしいおいしいと言いながら食べること。口にはっきり出して感謝を言うこと。

じゃ夫は、今まであたしのやってきたことに感謝してくれたことがあったワケ？　いちいちほめて食べてくれたワケ？　とあなた、いきり立ちたいでしょう。それはそうなんですけどね、この「だれかの作った飯をあたりまえと思って感謝もせずに食べる」という負の連鎖は断たなきゃいけない。それができるのは、今のところ、家事能力の上まわっているあなたの方なんです。

いちいちありがとうと言いましょう。いちいちおいしいと言いましょう。またやって、と頼み、任せたら最後、まずくても汚くても堪えましょう。それを続けるしかないんです。自分たちのために。**自分たちの未来のフリーダム**のために。

# 夫がパワハラでうつ病に。復職後もいじめが続いています

**夫が職場でパワハラを受けています。うつ病と診断されて数か月休職しましたが、復職後もいじめは続いています。夫に自信を取り戻してほしい。どうしたらいいですか。（50代／女性）**

いろいろな理由はあるでしょうが、**これはいじめです。**

パワハラというとオトナっぽく聞こえますが、しょせんは夫をターゲットにした陰湿ないじめです。

あなたの夫は職場で、逃げようがない状態になっています。目には見えませんが、周囲から間断なく槍やら矢やらが降りかかってくる状態。そんなところではびくびくおどおどするばかり。能力を自分らしく発揮するなんてとんでもない。

どんどん縮こまってゆがんでいってしまう。

あなたの夫には、一刻も早く今の職場から逃げ出して安全な場所に身を置くことをおすすめします。そして妻のあなたには逃げることに賛成し、本人が考えないなら提案し、励ますことをおすすめします。

「このままいじめられて辞めるのは私（妻）も大変悔しい」とあなたは書いていますが、悔しさなんて、まず安全なところに逃げてから考えましょう。

もちろん経済的な不安はあります。あと数年で夫は定年。それまで何とかという気持ちを持つのもよくわかります。

でもそれ以前に夫が耐え切れなくなるかもしれません。耐え切れなくなったとき、夫はどんなふうにその「耐え切れない」を表現するんでしょうね？

「**命あっての物種**」と言いますが、今はそういうところに来ているんじゃないでしょうか。

そしてそれは恐ろしいことに夫のせいじゃない。

まったくなぜ人が人を、こんな風に扱わなければいけないのかと、ときどき思います。人間ってスイッチが入ってしまったら、さして理由もないのに、たとえ理由があったって忘れてしまえば簡単なのに、人を憎みつづけ、いじめつづけることができる。

いじめる人だって、別のときにはいたってふつうの人で、笑ったり泣いたりする。人を愛したりかわいがったりもできる。それなのにある特定の人に対してはこんなに残酷になれる。そしてそれはどんどんエスカレートする。

そういう人たち、そういう組織ぐるみの心の動きをあたしも見たことがあります。人間性ってほんとに不思議なものだと思います。そしてそういう相手からは**逃げるしかないのだ**、とあたしは思っています。

これは、訴えていいケースだと思いますよ。まず弁護士に相談する。そして訴える意思を持って、いじめに加担している上司たちを一足飛びに飛び越して、組織のもっと上のところに持ち込んだっていい。あたしならそうします。

# 再婚した夫が気持ち悪い。でも別れたら経済的に不安

**再婚した夫が気持ち悪いです。外では若い女性を目で追い、飲み屋の女性とも連絡を取っています。休日はネットで若い女性の動画をずっと見ています。再婚後1年で私から「一緒に寝たくない」と言って夜の生活はなくなりました。でも別れたら経済的に不安です。**（50代／女性）

あたしなら、今すぐ離婚します。経済的なことは不安ですが、とっても不安ですが、それでも離婚します。

自分があと何年生きるかわかりません。でも今どきあと30年や40年は普通に生きる。その間、夫に大切にされず、自分の方でも夫に対する不満を抱えて、**晴れ間のない梅雨空みたいに**生きていくのか。

あちこちにカビは生えるし、鉢植えなら根腐れしてくる。死ぬときにはどれだけ不幸になっているかと思うとぞっとします。

もちろん、もしかしたら相手が早死にして、遺産が残って暮らしに何不自由なく残りの人生を生きるという可能性もある。経済的な苦労のつらさ厳しさを考えれば、その方法もアリと思うかもしれない。

となると**今すぐ離婚か**、でなければ今すぐ**五寸釘で呪うか**ですね。

あなたがたはまだ新婚に毛が生えたような再婚だ。恋愛してるうちに中年を過ぎて結婚したわけではなく、お互いをそこまでよく知ることなく結婚しちゃったケースです。

恋愛の熱さえあれば、相手のへんな性癖はまあガマンできることもある。20年、30年一緒に暮らしてきたなら、その間に共有する日々の暮らしがあるから、お互いにある程度のガマンや少しの敬意や、違うけどまあ良いという受け入れというかあきらめというか、そんな気持ちも持つようになる。

でもあなたたちはまだ結婚して日も浅く、何も共有してない、何も作りあげていない。作りあげる前に、早々と相手のいやなところに向かい合ってしまって、

「気持ち悪い」があなたの中に染みついてしまった。この生理的な感情はなかなか取り除けません。

これから二人とも老いていって身体も弱ってくる、ホルモンのバランスも変化してくる。それでも今感じている「気持ち悪さ」はこのままでしょうね。そして夫はどんどんあなたに対する思いやりその他を失くしていくでしょう。今だってあるとは言えませんが。

ということです。多少でも有利に進めるように、**離婚の専門家**に相談してみることをおすすめします。

あなたはあなたで、パートナーを経済的なものとしてしか見ていない失礼なところがある。その代償は払う(というかもう払っている)わけですから、夫にも、結婚や妻を軽んじてきた、敬意を持たずに生きてきた、その代償を払ってもらいたいですよね。せめてお金的に、痛い目に合わせてやりたいなあと心の隅で思っています。

# 夫が後のことを考えずに会社を辞めると言い出しました

**夫が、会社を辞めると言い出しました。私はパート勤めで収入は低く、大学生の子どももいるので反対です。気持ちがわからないわけでもないですが、辞めた後のことを聞いてもノープランで腹が立ちます。どうやって話を進めていったらいいでしょうか。**（50代／女性）

たしかに生活が心配ですが、あたしは夫の身も心配です。

今、夫が会社を辞めずに働き続け、好きになれない環境で不愉快で不本意なまま生きていったとしたら、いずれ彼の心身は〈根腐れした鉢植えみたいに〉ボロボロになるでしょう。鉢植えならやがて枯れます。

ボロボロになってからやめるなら、その前にエイッと辞めて、心身すこやかに生きる選択もありじゃないかと思います。

夫だっておとなです。

仕事を辞めたら生活が……ということはわかっているはず。あたしには、夫はまだ「辞めたい」と考え始めただけで、その覚悟がかたまってないんじゃないかと思えます。だからこそそんなにノープラン。ノープランなのに「やめたい」と口に出したということは、職場がほんとに居心地悪いんだと思うんです。

夫は一見ノンキにワガママに見えますが、**心は血だらけ**。長い間苦しんできて今やっと「俺が辞める可能性がある？」「辞められる？」ってことに気づいたんじゃないか。

長いトンネルを歩いてきて、やっと遠くに出口を見た。それがいい出口かどうかわかりませんが、疲れ果ててここまでたどりついた夫の小さな希望を、家族が問答無用に押しつぶしてしまっては、彼の人間としての尊厳はこなごなになっちゃうのでは。

あなたは**一にも二にも夫を信頼**しましょう。何を言うかと思うでしょうけど、こういうときは急がば回れなんですよ。

あなたは夫を一人のおとなとして信頼し、長年のパートナーとして信頼し、家族として信頼する。そしてよく話を聞く。

下の子が大学生ですね。ついでにこの子のこともおとなとして信頼し、家族の一員として信頼して、「会社を辞めたい父」という家族の危機に向き合ってもらったらどうでしょう。

生活を見てやらなくちゃ学費払ってやらなくちゃと母が心配するだけの存在じゃなくなってるかもしれませんよ。こっちがおとな扱いすれば、子どもの方もおとなとして父の問題を受け止め、自分なりの解決方法を考えると思います。

これは夫の危機というだけじゃない、**家族全体が**対処しなければならない危機問題。それをあなたは、ひとりで抱え込んではいないでしょうか？

「そんな無分別な」「しっかりしてよ」と言う前に、まずどうして夫が辞めたいのかというところからみんなで考えていったら、急がば回れなんじゃないかと思うんです。

# 性欲がわかないのに、夫はセックスをしたがります

**40代半ばから全く性欲がわきません。ですが40代の夫は性欲はまだまだ健在。逃げていると「浮気する！」と言われます。**（50代／女性）

**60代の夫がまだセックスしたがって嫌になります。断ると「何のための嫁や！」と怒ります。**（60代／女性）

2件同じようなご相談です。ご本人は50代と60代。夫の年が40代と60代。

**セックスしたくない**……よくわかる。閉経すると性欲は落ちるし、からだ全体、膣の中も乾いてきて、性交すると痛くなる。その上、夫はずっとあなたのそばにいて、見飽き、話し飽きているわけですよ。

二人がいつも同じ時に同じだけセックスしたいなんてほぼ無い。したいのを我

慢し、したくないのを我慢する。それがセックス。

　したくない方は渾身の力をふりしぼって断るんですが、断られる方も、シタクナイもデキナイもヨクナイもタタナイも、言われると**自分の存在を全否定されたように**すら感じるんですから、性は不思議。

　今の社会では一対一の関係が基本です。たいていの「夫とセックスしたくない女」は、夫が外でセックスしてくるのは嫌なんです。理にかなってませんが仕方がない。そういうものなんで。でも放っておくと関係はいつか根腐れする。

　あたしは夫の若いAさんには積極的な方法をおすすめします。婦人科で相談してみてください。いろんな形でホルモンを補充する方法（膣の中をなめらかにする）、潤滑ゼリー等々、誠実な助言をくれるはず。

　でもあくまでも体のケアにすぎない。どんなになめらかになっても、ついてこないのは心です。

　性欲がわかないのは、あなたが悪いせいじゃない。性欲があるのも、彼が悪いせいじゃない。

　ここはひとつ、夫を一から自分のパートナーとして見直しませんか。おしゃれしてデートして、セックスシーンのある映画を見て感動のさめないうちにセックスする。向こうから言われたら断りたくなるから、あらかじめ自分で手間ひまかけてゼリーとかホルモン剤とか準備して、こっちから誘えばまだマシだ。

夫が年上のBさん。実は問題は夫にもあるはずです。夫の性機能が若いときのままかというと、絶対にそうではない。その変化に二人の心がついていってない。これから二人ともますます性機能が衰える。やがてできなくなり、しなくても平気になる。でも**それからまた数十年一緒に生きる**わけです。そのときに持つ関係こそ、人生の目的では？

今のうちから同じものを見、同じものを食べておいしいねと言い合い、相手の話に耳を傾ける。この人と連れ添ってよかったと思いながら死ぬためには、今連れ添う人の生きざま・生き方を尊重し、共感していく。理想論ですけどね、究極の真実です。

# 毎日へとへとで夫の求めを断って5年、離婚を口にします

朝5時起きで夜は12時すぎまで家事、育児、仕事に全力投球してへとへとなのに、夫が求めてくるのでセックスが大嫌いになりました。5年以上セックスレスです。夫は「おまえは母親としては100点だが女性としては0点」と言い、離婚も口にします。（50代／女性）

へとへとになるまでやってきた。それで0点じゃやるせなくなりますよね。
でもちょっと待って。
「家事育児仕事に全力投球してへとへと」――。
「夫が求めてくる」――。
「セックスが大嫌い」――。

「セックスレス」――。

それぞれ違う問題なのにごっちゃになってますよ。きちんと分けて筋道を立てて考えてみましょうか。どれが自分の問題で、どれが夫の問題か。

人間関係の問題のコツはね、「相手が悪いから不満があるんだけど、自分も悪いのかも」と考えることと、**不満に思っている方の不満に耳を傾ける**こと。

「へとへと」に耳を傾けなかった夫。「セックスしたくない」に耳を傾けた夫。あなた自身は、夫の不満の何に耳を傾け、何に耳を傾けなかったか？

「私ばっかり」とあなたは言いますが、家事育児仕事に全力投球するのは、完璧主義といって、性格によるものです。

ときに人はそれで困ることがある。一人で疲れ果てる。他人には勝手にやってるとすら思われる。

あなたはおそらく、小さい頃から何事にも全力投球してがんばってきた人なんだと思います。今はもう少しで更年期だ。少しだけ気を楽にして、手を抜けるところは手抜きして、いい加減に生きてみよう。子どもたちももう下が中学生。手を抜く時期ですよ。

したくないセックスをしなくちゃいけないのはつらいです。気持ちいいどころか気持ち悪いだけだし、いったい自分の尊厳ってなんなの？　みたいなみじめさ情けなさを味わう。セックスしたくないパートナーを持ったセックスしたい人にわかってもらいたい。

でもまた、したいセックスをできずに生きていくのもつらいです。相手のしたくない気持ちを尊重すればセックスレスになる。夫として相手を尊重しようとすると、自分はずっともやもやした雲の垂れこめたような一生を生きなくちゃならない。セックスしたいパートナーを持ったセックスしたくない人には、それがどんなに残酷な生殺しかわかってもらいたい。

完璧主義のあなたは精いっぱいがんばって**自分らしく生きてきた**。セックスしない道を選んだのもあなたらしく生きた結果です。その結果、夫はこうしてこうなった。これはこれで**彼らしさの表現**なんです。

二人とも50代です。あと10年くらいで夫の性欲は多少はしずまってくるかもしれない。そうしたらそこでまた二人の道を新たに模索することも不可能じゃないとは思うんですがね。

# 夫がリハビリで仲良くなった女性と浮気。円満に別れるには？

70代の夫が、リハビリで仲良くなった女性といちゃいちゃしています。注意しても、やきもちだと思っているようです。送迎も家事もすべて私がやっているのに、損だなと思うし、腹も立ちます。円満に別れるには、どうすればいいでしょうか。（60代／女性）

**別れちまいなさい**。夫が不届きすぎる。円満に別れる方法はありません。ケンカして別れなければなかなか別れられません。いくつになっても、男女の仲というのはそういうものでしょう。

はじめからモメると考えてコトにあたれば、なんだ案外モメずに済んだっていうことにならないともかぎりませんから。

嫉妬しているのかと夫に言われても、あなたが動揺したり、あわてて否定したりする必要はない。この夫のことを好きか嫌いかなんて、どうでもいいのです。大切なのはそこはあなたの領分だということ。妻という立場。家庭という領分、あるいはなわばり。そこはあなたの場なので、あなたは安心して自分らしく暮らしてくることができたわけです。

家庭というのは猫や犬のなわばりと同じです。そこにいきなりずかずかとよその猫や犬が入ってきたら、なわばりのヌシは怒るでしょ? 人間も怒って当然。その女はあなたの領分にずかずかと入ってきた。それであなたはうっとうしいと思っている。それを嫉妬と言われれば、そのとーり、嫉妬とは、自分のテリトリーに他者が入りこんだときの感情ですから。嫉妬で何が悪い、と開き直ってやんなさい。

あたしは別れるのはいい考えだと思います。これからどんどん介護はたいへんになってくる。その矢先に、あなたは夫を厄介払いができる。夫は恋でわくわくしている。相手の女も愛のためなら最期を看取るのも辞さない(んじゃないかと期待できる)。ね、あっちもこっちも幸せになる。

ただそういうわけで、離婚するためには、裁判に持ち込んでいやな思いをするとか、相手の女とのやりとりを証拠に残すとか、弁護士に相談するとか、面倒なことがいっぱいあります。

そもそも夫と相手の女とはどこまで行ってるか。なにしろ夫はリハビリに通うくらい不自由なわけでしょ。肉体関係はないかも……。おばさんとしてはそんな下のコトまで考えてしまいます。ま、いずれにしても眼の前で精神的な不貞を見せつけられてるわけで、不愉快さは同じことですけどね。

昔の人が言いました、「**為せば成る、為さねば成らぬ**、何事も、成らぬは人の為さぬなりけり」と。離婚っていうのはこういうことだと思います。

# 介護疲れからか、夫の過去の女性関係を思い出し、憎くてたまらない

**脳梗塞で倒れた夫を介護しています。夫とは女性関係に苦しみ、別れようとしたところで妊娠がわかって結婚。介護疲れで過去が鮮明に思い出され、夫が憎くて、暴力を振るったこともあります。どうすれば過去にこだわらずに暮らしていけますか。（60代／女性）**

過去にはこだわって当然です。機械じゃないんだから、記憶は消えません。あら忘れちゃったわということもありますが、ただの老化か、どこかで忘れちまえという機能が働いているかです。

しかしこの場合、あなたは毎日夫に接している。自分の「生きたい」を押しころして夫の「生きたい」に自分の時間も心も費やしている。赤ん坊の世話みたい

に、やってて楽しく見ててかわいいことなら喜びがありますが、相手が諸般の事情と記憶にわだかまった**古亭主**ですから、喜びはないですよ。しかたのないことであります。

でも暴力ふるったりののしったりばかりだと、一時はすっきりしたって悔いが残る。実際あなたは悔いている。これは人としていけないことじゃないかと思っているから、あなたは悩む。

夫は障害者一級に認定されてますよね。40歳以上だったら介護保険のサービスが受けられるんですよ。妻が元気で在宅介護をしていても、このサービスは本人対象だから、訪問ヘルパーさんも依頼できるそうですよ。まずは自治体の福祉課にご相談を。

**なるったけ自分にかかる負担を減らす**。他人の手に委ねることに後ろめたさなんて感じちゃいけません。「あたしはあたしよ」の生き方を、**自分らしさを取り戻す**ためですから。そうでなくてもあなたは、もう、精一杯がんばってきたんですから。

自分を取り戻したら、もう一つやることが残っています。

人がみんな自分のしあわせを追求するだけだったら、今までの人間の歴史というものは作られてこなかった。何のために人は自分をさておいて人を助けてきたか。

「あたしはあたしよ」を突き抜けたところにその答えが見つかるはず。でも、あたしがあたしらしくないところで溺れそうになってるうちは、そこを突き抜けていかれないのです。

その先にあるものは、自分ひとりの都合を超えたところにある、**正義や希望や世界や宇宙**を受け入れようという心じゃないかと思うんです。人生、いいときはよくても、つらいときはつらい。それでも死ぬまで生きなくちゃならない。自分以外の存在や、徳や愛や情けや縁や、そういうものの価値もしっかりみとめる。それが、悔いなく生き抜いて死んでいくために必要な考え方かと思います。

# 夫が投資で失敗、危機感のない夫の生きざまが嫌に

**夫が投資で失敗し、もう退職金はほとんどありません。体を張って止められなかった私自身にも責任があるので、過去は考えず、老後の設計を考えているのに、危機感がない夫の生きざまが嫌になりました。夫婦としての希望が持てません。（60代／女性）**

夫への不信感、不安、希望のなさ……つらいですね。離婚しちゃいましょう、スッキリしますよと言いたいのですが、それが最良の選択か、あたしにもわからないのです。

今、あなたは60代。人生はあと20〜30年続きます。

「おひとりさま」っていうことばが流行りましたけど、あれは老後を一人で暮ら

している人のことです。

60代になりますと、いろんな事情で一人になったままの人も多くなります。そこで、みんなが「おひとりさま」を謳歌できるかというと、そうでもない。孤独や寄る辺のなさの寂しさにさいなまれる人もいる。ろくでもない夫がいたところで、寂しいのは同じなんですが。

「**一人になりたくない**」は「一人になりたい（自分らしく生きたい）」と同じくらい、人間の基本的な欲求だと思うんです。

つまり相手を取り替えれば、今のと別れてもっといいのを見つければいいわけですが、それがむずかしい。老いると、新しい相手はなかなか見つからない。若いときは、人と出会うのが、なんであんなに簡単だったんだろうと、不思議に思うほど。

そこで、家の中でうっとうしく、日々不満をぶつけあい、いがみあいさえする古夫に、多少なりとも存在価値があるわけだ。

もちろん「もういやっっ。この人と一緒にいると、あたしはあたしじゃなくなっちゃうっ」と叫び出さずにいられないようなら、あなたは別居する以上のことを考えるべきです。**ええ、離婚を。**

でも、そこまでせっぱつまってなくて、これまで我慢してきたくらいの我慢ならこれからも我慢できるなら、日々の暮らしがなんとか維持できるなら、そして、夫と同室にいて、穏やかに自分の好きなことをする時間が持てるのなら、人生の後半で一人ぼっちの孤独を少しでも少なくするための、いわば刺激要員として、夫は役に立つ。

どんな刺激でも、不快な刺激でも、刺激は刺激。それさえあれば、孤独に苦しむこともない。後は自分の生活を充実させ、夫の存在に煩わされないような「おひとりさま」意識で暮らしていく。

なんだか後ろ向きですけど、長年夫婦というものを観察してきまして、あたし自身ももう若くはなくなり、**古夫婦の意義**を見直し、古夫婦の離婚についてはちょっと慎重になっているあたしです。

# 退職後、ネットにはまった夫、夫婦の会話が全くありません

退職してからインターネットにはまった夫。夫婦の会話は全くなくなり、話も半分くらいしか聞いていません。せめて孫が来たときくらいは「携帯を触らず一緒に遊んでね」と言ってもすぐ携帯を見ています。私はこのまま老後を終えたくないのですが……。（60代／女性）

夫はたしかにネット依存のようですが、あなたの気持ちをのぞけば実害がない。たぶん本人の自覚もない。この程度じゃ健康もこわさないし、退職してますから仕事に支障もない。しかもネット依存は、アルコール依存や薬物依存のように自助グループや医者といった救済システムがととのってるわけではない。つまり、何もできません。

**いちばんかんたんなのは、見捨てること**ですね。あなたは60代、まだ元気。習い事、家族や友人とのつきあい、ペットの世話。人間らしく生きる方法はいくらでもあります。夫との関係が老後の生活の意義を決めるわけじゃない。

なお戦うという道もあるにはある。たとえばですね、夫と冷静に話し合う。そして夫のネット使いを冷酷に制限する。場所や時間。リビングではだめ、人がいるときはだめなどと。……まあしかし無理かもね。あたしのところもそうですが、何十年も一緒にいる老夫婦ってなかなか変えられません。大切なことや不愉快なことは、ためこむ前に話し合えばいいんじゃないかと思うんですが、大切なことや不愉快なことだからこそ話し合えない。話し合えないから夫婦なんでしょう。

じゃあ、どうやってたまったものを吐き出さずに何十年もやっていけるのかというと、**夫婦関係には、ふしぎな魔法**が働いているようなのです。つまり、いつのまにか気にならなくなる。相手が死んだら、どんなにむかつく夫でもいやな記憶はたいてい浄化されちゃうという。もちろん魔法はときどき効き目が切れて、縁も切れる、てなことがままあるんですが。

最後の提案はソフト路線。夫のために家庭内に場所を用意する。「もともと口数の少ない夫」とお手紙にあります。子どもたちが帰ってきたときなど、雑談がうまくできない父は仲間はずれになりがちですが、あなたの夫もそうなんじゃないかと思います。

しゃべる速度が遅いか、雑談時には頭の回転がニブくなるか、雑談に加わる社会性がないかなんでしょうね。だからといって放っておくといつまでも会話に加われませんから、夫の好きな話題を**わざわざ**探して、**ときどき**会話の中心にすえてやる。

根本の改善にはなりません。夫はいつまでもネット依存のまま。でも一日に10分でも15分でも向かい合う時間があれば、その満足感がなんとなく全体的な満足感にすり替わることがあるものです。

# 夫のきつい口調をなんとかしたい

夫の口調がきついのが気になります。「おまえが」「だからいつも言ってるだろうがっ」など、内容はわかるのですが、そんなにきつい言い方をしなくても……。ついつい黙ってしまいます。結婚して40年、どうしようもないのでしょうか。（60代／女性）

結婚して40年一緒に暮らしていれば、夫婦の間には空気のような関係と阿吽《あうん》の呼吸が完成されていると思います。

「アレはどうしたの」と妻が聞けば、「**アレは、ほら、アレだった**」と夫が説明し、「アレだったのね」と妻にもちゃーんとわかっちゃったりする。

そんな関係でも、やはりそんな物言いをされるとむかつきますよね。その裏に「俺様がエラい」みたいな考え方があるからです。

妻としては、40年の間に相手の弱みは知り尽くしているわけですから、「アンタ何様のつもり」と反論したいところです。

そこには社会の変化がある。あなたが彼と結婚してからのこの40年間、世間では、女と男の関係が、そして夫婦関係が、劇的に変わった。もっとずっと対等になった。

それをあなたは感じ取っているが、夫は感じ取っていない。40年間、ずっと変わっていない。周囲の変化に気づいてもいない。鈍感なんですよ。

つまりあなたの夫は、ハダカの王様。

そのまま放っておくか、王様に「**ハダカですよ**」と言ってあげるか。

絶対言ってあげるべきなんです。近い将来、彼は老いて、それまでできたことができなくなり、他人の世話になるからです。

家族やヘルパーさん、介護士さんや看護師さん、いろんな人たちに、身の回りの世話をされる。そのときこういうエラそうな物言いをする男は嫌われます。本人も、弱い自分を見せたくないから、より居丈高になってものを言う。それがよけいに自分を苦しめ、周囲を苦しめる。寂しくて哀れな日々が待っている。

今からでも遅くはない。違う生き方もあるんだということを、夫に教えてあげるべきですよ。

**人はだれも、人からエラそうにされるのは好きじゃない**こと。だから人に対してエラそうな口はきかないこと。だれに対しても、敬意をもって接すること。

小学校の1年生で、最初におそわるようなことなんですけどね。

欠点を指摘されるのは、みんな嫌いです。夫に「やめてよ」と言ったら、そのつどいやな雰囲気になるでしょう。だからつい「自分ががまんすれば」と考えてしまうけど、これは自分のためじゃない、夫のためなんですから、多少の無理をしても言わないと。

あなたが何回も言ってるうちに、最初はむかついていた夫も「また言ってる」と慣れてくる。そしてたぶん、だんだん変わってくる。時間はかかりますが。

# 第8章　恋愛のこと

# 60代の彼から「一緒に地元に帰ってくれる人と結婚する」と言われ、別れを告げられました

60代の彼とつきあって5年半になります。彼はいずれ地元に帰るつもりですが、私は母を介護中で「一緒に帰れないので結婚できない」と言っています。最近彼から「結婚したい人ができた」と別れを告げられました。一緒に地元に帰ってくれる人だそうです。心にぽっかり穴があき、孤独感と喪失感で苦しいです。（50代／女性）

別れについては、まあ、悲しくて当然だし、孤独感と喪失感で苦しくて当然です。そうじゃなかったら、いったい何のためにつきあっていたのか、あたしの5年半を返せということになりますよ。

今は別れたばかりで傷が生々しい。**生傷は、癒えるまで放っておくしかない。**

ぐじぐじと苦しみながら、他のことにかまけるしかない。

さいわいあなたには、話を打ち明けられる女友達も、かまけられるお孫さんがいるようですね。それはとてもすばらしいことです。

あなたは彼に「ふられた」と考えていませんか。母の介護があるから、彼の地元に一緒に行けないから、だから結婚できないから、ふられたと？　自分はもしや人生を犠牲にしたのか、母のために……。そう考えて、ふられた悲哀が、別れの苦さに加わって、つんと鼻にくる感じなんじゃないでしょうか。

あなたは**ふられてません**。その気になれば彼と結婚し、母ごと彼の地元に引っ越すという手もあった。あなたとの愛に溺れさせ、地元に帰りたいという彼の意志をひるがえさせることもできた。

いずれの方法も取ってこなかったのはあなたの意志だ。むしろあなたの方が先に、彼との結婚、将来という点では彼を「ふって」いたのに、逆転負けみたいな感じになって、傷が深くなったんです。

ふったのはあなた。選ばれなかったのは彼で、選ばなかったのはあなた。

それはあなたの**五十女としての意志**であり、決定であった。女友達や孫がいるのと同じくらい、すばらしいことだと思います。20代の頃ならできなかったことですよ。

親の介護ってほんとに大変ですが、親を送ったときの達成感、すがすがしさといったらないです。人生でこんなに達成感のあることが他にあったか？　と思うくらい。

50すぎて男の機嫌を取りつつ一から結婚生活を始めるより、男の郷里に帰ってヨメ的なことをやるより、親の介護の方が、あとあと自分のタメになりますとも。

もうすぐあなたは更年期。女の身体は激変します。12歳くらいの女が直面する初潮とか思春期とかいうものと同じくらい、女の心身を揺さぶるものなのです。性的な能力は人によりけりです。でも**容姿はみんなエイジング**。ここさえきっちりと押さえて、老いを受け入れつつ、自分の魅せ方を手に入れていけば、長く、細く、男というものが楽しめます。

# 別れるにあたり、彼に送り迎えのガソリン代などを請求したい

60代の彼といわゆる婚外恋愛5年目です。共通の趣味もあり夫とは違う楽しさがありました。しかし最近は、ホテルに行ってもラーメンをすする状態で、その上「一回3千円か?」とまで言われて冷めました。送り迎えをしたガソリン代や一回3千円分を請求してすっきりしてもよいでしょうか。（50代／女性）

まさに**別れ時**ですね。

一回3千円ってセックスの代金を言ってると思うんですが、そもそも値段つけるとはなんたることだ。それに恋人同士のセックスにつける値段としては安すぎる。相手を軽んじ、自分を安売りしてるようなものじゃないですか。

お金の請求なんかしちゃだめです。相手の安っぽさに乗ってはいけない。こういう男は、お金を請求されるとさらに何かいやなことを言うでしょう。あなたは、それにも傷ついてしまうでしょう。もうこれ以上、ひとことも、相手に傷つけさせてはだめですよ。

結婚した夫と別れるときは、ごたごたしないとなかなか別れられません。とくに子どもがいる場合、家庭は子どもの世界のすべてですから、突きつめて、ケンカとか憎み合いに堪えきれずに必死で別れるっていうのでないと、子どもに申しわけない。

でも、これは一人と一人の問題です。いわゆる**「不倫」**という関係。そっちの方が世間に知られた呼び方なのに、それを、あなたはわざわざ**「婚外恋愛」**ということばを選んでいる。

そこにはご自分も言ってるように、夫とはぜんぜん違う楽しさがあったんだろうし、楽しかった頃の相手への愛情も尊敬もあっただろうし、「恋愛してる」というプライドもあったと思うんです。

でも、そのプライドが3千円発言でめちゃめちゃに傷ついた。お手紙は冷静ですけど、心の中は怒りでどす黒くなってるのではないか。

**怒り、当然です**。あたしも怒っている。でもそのおかげで、別れ時としてはいい形の別れ時になることができた。なにしろあなたは冷めてて未練はない。相手はつまんない男の本性を露呈しちゃって、下品だし、ケチくさいし。

別れは、言い出した方に苦しみが少ないものです。自分で決めた、捨てたという思いがあるから。

言い出された方は、それまで別れたいと思っていても、言い出された瞬間、相手が決めた、自分は捨てられたということになって、もんもんと苦しむわけです。くくく、**これがリベンジ**です。

恋愛してたのはお互いさま、セックスだってお互いさま、ここはケンカ両成敗、武士は食わねど高楊枝という心意気で、あなたはプライドを持って、世の中の不倫女のいろんな恨みを肩代わりするつもりで、思いっきり**すぱーん**と別れてやりましょう。

# 不倫して20年、彼を愛しているのかわからなくなりました

彼（60代）との不倫はもう20年にもなります。彼は離婚して私と生きたいと言い続けていますが、私は昔から結婚願望がなく、彼も離婚しない方が幸せな老後を迎えられると思います。その一方で、私を愛しているならとっくに離婚しているのではとも思い、考えれば考えるほど彼を愛しているのかわからなくなります。（50代／女性）

**もちろん彼はあなたを愛してますよ**。だから20年もずるずると関係を続けているんです。

むりやり疑ってわざわざ不幸になることはありません。あなたに結婚願望があるならともかく、ないんだから**このままでいいじゃん**とあたしだって思うわけで、

きっと彼だってそう思っているはず。

世間ではこういう関係のことを「都合の良い女」とか「利用されている」とか言い、シロクロをつけたがりますが、それはいわゆる「世間の考え」です。

世間の考えの中にひそんでいるのは、結婚はいいことだ、結婚しないのはだめなことだ、女は一人で生きていくもんじゃない、女房は古い方がいい、さかなは**あぶったイカ**でいい……などという価値観。

つまり従来型の、家族の、イエの、女は女で男は男という価値観だ。

そこから多少はみ出したあなたのような生き方をヨシとする価値観ではけっしてありません。

はみ出してはいるけれども、実際現在ここに生きているのがあなたなんですから、あなたは自信を持って彼を愛し、自分を愛し、自分らしい生き方をひたすら突き進めていっていいんだし、突き進めていくべきなんですよ。

ただここで、いくつか覚悟しておかなければならないことがある。

不倫は若いうちこそ自由自在ですが、年取ったときには、身体の不自由が心の自由に勝てないことがままあるんですね。そのときどうするか。

たとえば、老いた彼のことを介護して看取る。これは大変だけど、充実感のあるすごい経験です。夫を看取ったあたしが言うんだから本当です。でもそれは、不倫ではできません。

セックスもいずれできなくなるかもしれない。できなくなっても暮らし続けていけるのが家庭の日常の力ですが、それがないのが不倫です。

老い果ててしまうと自由に出歩けなくなる。会うこともできなくなる。

でも、今のうちからそうなったときのことを不安がって毎日を苦しみと悲しみで過ごしていては、**「生きる」は今ここにある**ということを忘れてしまう。

つまり「生きる」を突きつめていくなら、将来の自然解消もまた自然なことかもと覚悟すること。

野生動物は目につかないところに隠れてひっそり死ぬと言いますが、形をはみ出して愛し合い、結びつき合っていた二人が、老い果てたときには、それぞれの自分に戻り、家に戻り、そこで死ぬ。これでいいのかもしれませんね。

# 恋をしています。でも、体はかさかさ、さびてしまっています

線香花火があと数センチで落ちる年齢なのに、恋をしています。彼とは久しぶりの2度目のデート。湯上がりの化粧を持ち、彼は私へのパジャマを持って……。でも、かさかさに乾き、さびていく体。岸恵子さんのように終わらない恋はできなかった。私、これ以上、進めませんか。（60代／女性）

あたしからの助言は、自分自身をまっ正面から見つめて、向かい合うこと。あたしはあたしよと見きわめて、どうどうと受け止めること。恥じたり臆したりしないこと。

恥じて臆してるから、**あいまいな言い方**になってます。言い方があいまいだと、どうしても肝がすわらない。「線香花火があと数センチで落ちる年齢」とか「湯

上がりの化粧を持ち、彼は私へのパジャマを持って」とか、煙にまかれたようで、わたしがまごついていたら、担当記者さんが教えてくれました。
「伊藤さん、これは『年を取った』という意味ですよ。二人はセックスをする気で出かけたのですが、しないで、ないしは、できないで、帰ってきたんですよ」って。

**いくつになっても恋は楽しい。**それ一つで、どんなつまらない人生だってバラ色に輝く。

不倫も浮気も、人はみんな簡単にやってるのになぜ自分はできないのとあなたは思っているようですが、そんなことはありません。みんな悩みながら一歩を踏み出しちゃって、踏み出した後も悩んでます。それで「万事OK」が繁盛するわけです。

踏み出せないあなたもあなた。ためらうあなたもあなた。でも踏み出したいあなたもあなた。どれもあなた。

ここは、もっとはっきり、もっと真っ正面から、誰でもない自分の人生に向き合ってみましょう。

自分という舞台に立ってる**主役女優はあなた**。岸恵子じゃない。

このパジャマの彼が、向き合ってるのも、**岸恵子じゃなくてあなた**。彼は、なかなか踏み出せない、こんなあなただからこそ、いいなと思い、好きだなと感じているかもしれません。

ちなみに恋は、いくつでも遅くはないです。いくつになっても、恋はできる。恋をすれば輝ける。**ばりばりのセックスばかりが恋でもありません**しね。

しかしまた、恋は怖い。たとえ長い間セックスしてない夫でも、夫は夫。あなたの恋に対して、嫉妬をして、それで苦しむ。恋にもセックスにも、それだけの大きな力がつきまとう。いくつになっても、どんな状態でも。

あたしはあたしよというところで自分に向き合えたら、次は他人である恋人に向き合って、力いっぱい相手を受け止めるのが、恋であり、その先にあるセックスです。

つまり、できるときはするし、できないときは焦らなくてＯＫなんですよ。

# あとがき

西日本新聞で人生相談をはじめて二十四年、東京新聞にも掲載されるようになってから五年です。千人近い人の悩みに答えながらいっしょに生きてきたような気がします。これからもいっしょに生きていきます。

同じことをくり返し言ってるところもあるんですが、人の悩みってみんな同じなので、同じことをくり返しくり返し答えるしかないのです。

人間の心の中の根本は四苦八苦。

生きる苦・老いる苦・病む苦・死ぬ苦の四苦がある。そこにもう四苦。

愛別離苦——愛するものと離れる苦。

怨憎会苦——いやなものに出会う苦。

求不得苦——ほしいものが得られない苦。

五蘊盛苦——なにかに執着する苦。

四苦に四苦を足して八苦。これがかの有名な四苦八苦。

などとお寺の和尚さんだかガマの油売りだかわからないことを言って説明したくなります。つまり昔から、人の持ってる悩みは同じということ。人間ってほんとに変わらないということ。あなただけじゃないということ。で、今、この時代、あたしはみなさんに言います。「あたしはあたしよ」と。そこさえきちんとできていれば、あなたはあなた、人は人、彼は彼、あの人はあの人、そしてあの子はあの子。それで気持ちが離れられますから。

あと少し。50過ぎたら更年期への期待感がいやまして、どんどん気持ちがひらけてきたし、閉経の数年後には、視界から雲がすっかり晴れたようなそんな気がしました。あたしが今まで為してきた悪行は、今まで執着してきたあれやこれやは、すべて、あたしのせいじゃなく、頭の中に巣くっていたホルモンさんのせいだったんだと言いたくなるようなスッキリ感を味わいました。

そんな年頃、50代60代の悩みごとをあつめてみました。この年頃のみなさんは経済感覚がすばらしく、なかなか本を買ってくださいません。安くて小さい文庫ならあるいはと考えたので、このかたちです。イラストは、脱力系といったらこの人、「おしゅし」のやばいちゃんにお願いしました。西日本新聞の酒匂純子さん、江藤俊哉さん、東京新聞の服部利崇さん、竹上順子さん、光文社文庫担当の堀井朋子さん、ありがとうございました！

2022年2月

伊藤比呂美

光文社文庫

文庫オリジナル
人生《じんせい》おろおろ　比呂美《ひろみ》の万事《ばんじ》OK
著　者　伊《い》藤《とう》比《ひ》呂《ろ》美《み》

2022年3月20日　初版1刷発行

発行者　鈴　木　広　和
印　刷　堀　内　印　刷
製　本　フォーネット社

発行所　株式会社　光　文　社
〒112-8011　東京都文京区音羽1-16-6
電話 (03)5395-8149　編　集　部
8116　書籍販売部
8125　業　務　部


ISBN978-4-334-79323-4　Printed in Japan



組版　萩原印刷

長い廊下がある家　有栖川有栖
ぼくたちはきっとすごい大人になる　有吉玉青
SCS　ストーカー犯罪対策室（上・下）　五十嵐貴久
PIT　特殊心理捜査班・水無月玲　五十嵐貴久
黄土の奔流　生島治郎
火星に住むつもりかい？　伊坂幸太郎
よりみち酒場　灯火亭　石川渓月
おもいでの味　石川渓月
夕やけの味　石川渓月
小鳥冬馬の心像　石川智健
月の扉　石持浅海
心臓と左手　石持浅海
玩具店の英雄　石持浅海
二歩前を歩く　石持浅海
パレードの明暗　石持浅海
鎮憎師　石持浅海
女の絶望　伊藤比呂美

セント・メリーのリボン　新装版　稲見一良
ぞぞのむこ　井上宮
珈琲城のキネマと事件　井上雅彦
ダーク・ロマンス　井上雅彦監修
蠱惑の本　井上雅彦監修
秘密　井上雅彦監修
狩りの季節　井上雅彦監修
今はちょっと、ついてないだけ　伊吹有喜
喰いたい放題　色川武大
魚舟・獣舟　上田早夕里
夢みる葦笛　上田早夕里
労働Gメンが来る！　上野歩
讃岐路殺人事件　内田康夫
イーハトーブの幽霊　内田康夫
恐山殺人事件　内田康夫
上野谷中殺人事件　内田康夫
終幕のない殺人　内田康夫